とはまだないんですよ。絶対、何かあると思うんですが……」

どうやら暗球回廊《あんきゅうかいろう》には未開拓の領域があるらしい。

しかしそれを語るシャロンは、とてもワクワクした表情を浮かべていた。未知への探究心が日頃から彼女を突き動かしているのは間違いない。

「それと、暗球回廊の最深部には青いクリスタルが置かれています」

「クリスタルですか？」

「はい。でっかい水晶です。このくらいの」

シャロンが両手を目一杯に伸ばす。

丁度、ソフィやシャロン一人分くらいの大きさのようだ。

「このクリスタルも何なのか解明できていません。……私が住みたいのは、このクリスタルがある最深部となります」

「最深部に辿り着けたことはあるんですか？」

「はい、何度か。ですが十年前に、暗球回廊は探索の難易度が跳ね上がりまして……」

そういえば昔、新聞にそんなことが書かれていた気がする。ダンジョンは閉鎖された空間なので環境が激変するのは稀《まれ》だ。何が起きたんだったか……思い出そうとしたが、専門家に正しい情報を伝えてもらった方が確実だと思い、ソフィは考えるのをやめる。

期待通り、シャロンは理路整然とした説明を始めた。

「十年前、最深部にあるクリスタルから特殊な魔力が溢《あふ》れ出し、その魔力が生物の形になって探索者を襲うようになりました。この生物を、私たちは魔力生命体と呼んでいます。今や魔力生命体は暗球回廊の全域に出没しており、それ以来、最深部に到達するのが難しくなりました。前例が皆無なわけじゃないですが……最深部に向かうには相当な覚悟が必要になりますね」

「なるほど。……魔力生命体は、魔物とは違うんでしょうか？」

「見た目も、脅威度も全く異なります。魔力生命体の方が圧倒的に強いですね」

シャロンは神妙な面持ちとなる。

「そんなわけですから、調査次第では引っ越しを断念するのも、残念ですが想定しています。難しい依頼をしていることは承知の上ですから……ソフィさんも絶対に無理はしないでくださいね」

「分かりました。まあ、取り敢えず最深部を目指す方針で頑張ってみましょう」

「……ありがとうございます」

藁《わら》にも縋《すが》る思いなのか。それともソフィならできるかもしれないという期待があるのか。いずれにせよ、シャロンは暗球回廊の危険性についてそれ以上は語らなかった。

ただ、ソフィは話しながら、桜が咲き誇る幻想的な渓谷を思い出していた。

桜仙郷《おうせんきょう》。——あの土地より危険なダンジョンは、そう多くないだろう。

「魔力生命体はクリスタルから生み出されているんですか？」

「概ねその認識で合っています。クリスタルから溢れ出した特殊な魔力は、今やダンジョン全域に漂っていますから、出現する位置は完全にバラバラです」

クリスタルの中からにゅるっと出てくるイメージだったが、出現する位置はランダムらしい。

「クリスタルが破損しているからこうなったという説が有力ですが、確証には至っていないのが現状です。原因を調査しようにも、最深部に辿り着くのは困難ですし、魔力生命体が襲いかかってくるので長居することもできず……という感じですね」

なるほど、とソフィは納得した。

ダンジョンの中心にある球状の空洞。

意味深な青いクリスタル。

クリスタルから溢れ出る、魔力生命体。

暗球回廊には様々な謎があり、それゆえに学者による調査が行われているのだろう。

「危険なダンジョンを好きになりましたね」

「そうですね。学者としては、やはり謎の解明に興味がありますが……ずっと入り浸るうちに、理屈じゃない感情の部分でも惹《ひ》かれるようになりました」

昨日話した時は変人という印象しかなかったが、こうして改めてダンジョンについて語っているシャロンを見ていると、その瞳《ひとみ》の奥には安らぎが見え隠れしていた。

彼女にとって、暗球回廊は第二の故郷のような場所なのかもしれない。

少なくとも、ただの仕事場という感覚ではないのだろう。

「今いる家に不満があるわけじゃないんですね」

「はい。それはもう、王都の一等地に住んでいますから！」

「おお、それは素晴らしいです。あの辺りは景観が整っていていい場所ですよね」

「はい！　恵まれた家庭で育ったと思っています！」

シャロンが時折発揮する自己肯定感の高さは、親の愛情の賜物かもしれない。

蹄鉄《ていてつ》が街道を規則正しく叩《たた》く。風が運んでくる土の香りに鼻孔をむずむずさせていると、人集《ひとだか》りができている馬車の停留所が見えてきた。

「着きましたね」

御者に運賃を払い、ソフィたちは停留所に降り立つ。

「通常はこちらの小屋で装備を整えますが、ソフィさんはそのままで大丈夫ですか？」

「問題ないです。シャロンさんも？」

「ええ！　私はいつも、この装備です！」

シャロンはゆったりとした軽装をしていた。背中には小ぶりのリュックサック、腰のベルトには一振りの杖が携えられている。魔法が使えるようだ。

暗球回廊の入り口は、地面にできた巨大な穴だった。階段が真《ま》っ直《す》ぐ下に伸びており、突き当たりは暗くてよく見えない。

入り口に向かうと、警備の男たちがこちらを見た。

シャロンは慣れた様子で元気よく挨拶《あいさつ》する。

「お疲れ様です！」

「お疲れ、シャロン。お前は毎日のように来るなぁ……」

警備の男たちは若干呆《あき》れたように笑った。

「む？　待て、そっちの女は何者だ？」

「協力者です！」

シャロンがそう答えると、警備の男たちは訝《いぶか》るようにソフィを見た。

「シャロンがいるから問題ないと思うが、くれぐれも気をつけろよ。暗球回廊は特殊な部屋が多いせいで危機感を忘れがちだ。手に余ると思ったらすぐ引き返すように」

「ご忠告ありがとうございます」

口調はぶっきらぼうだが、ちゃんと心配してくれる優しい警備員たちだった。

「では、入りましょう！」

シャロンはウキウキした様子で階段を降り始めた。その後をソフィはついて行く。

「お、シャロンじゃないか」

入り口から少し歩いただけで、もう別の人たちに声をかけられた。

二人組の男女だ。体格や武装からして、恐らく冒険者だろう。丁度、彼らは探索を終えたらしく地上に戻る最中だった。

「今日も仕事か？」

「いえ、今日はプライベートです！」

「プライベートで……ダンジョンに………？」

相変わらずだな、とでも言わんばかりに苦笑して、冒険者たちは去って行った。

「知り合いが多いんですね」

「まあ、いつも来ていますからね。冒険者の方々にも護衛を依頼することは多いですし、気づけば顔見知りが増えました」

多分、本人の人徳もあるのだろう。彼女の屈託ない明るさは、傍《そば》にいるだけで元気を貰《もら》えるような気がする。特に、ダンジョンという危険な場所と日頃から関わっている人たちにとって、シャロンのこういう明るさは救いになるはずだ。

「シャロンさん。さっき警備の人が、暗球回廊には特殊な部屋が多いと言っていましたが……」

「ええ。それについては実際に見た方が早いと思います」

どうやら暗球回廊には、ソフィがまだ知らない特徴があるらしい。

前方にも後方にも、同じペースで階段を下りる者たちがいた。

彼らの様子を盗み見ると、緊張はしているが、命の危険を感じているというよりは難解な問題に直面して唸《うな》っているように見えた。

まるで、試験前日の学生のような……。

ソフィがイメージしていたダンジョンの探索とは、なんとなく雰囲気が違う。

「ところでソフィさん、お金に余裕はありますか？」

「お金ですか？　えっと、それは何故《なぜ》……？」

「いやぁ、その……途中で必要になるかもしれなくて」

どういう意味だろうか？

ソフィは首を傾《かし》げたまま、階段を下りた。

◆

通路の奥から、狼《おおかみ》型の魔物が迫り来る。

ソフィが杖《つえ》を一振りすると、魔物は風の刃《やいば》に切り裂かれて倒れた。

「――素晴らしいですねっ‼」

暗がりを照らすためにランタンを片手に提げたシャロンが、目を輝かせた。

「私も今まで、色んな護衛を雇って暗球回廊を探索しましたが、こんなにスムーズに進めたのは初めてかもしれません！　ソフィさんって本当に引っ越し屋なんですか⁉」

「ただのしがない引っ越し屋ですよ」

と言いつつも、そこまで称賛されると悪い気はしない。ソフィはふふん、と胸を張る。

この元気のよさ……知り合いの金髪縦ロールに通じるものがあった。

今のところ、暗球回廊の探索は順調だった。魔物との交戦はこれで五度目だが、ソフィたちは共に無傷で消耗も少ない。

ペースを落とすことなく先へ進むと、ソフィたちの前に大きな石の扉が立《た》ち塞《ふさ》がった。

「扉、ですね」

「ええ。……ソフィさん、杖を仕舞ってもらってもいいですか？　ここから先、すぐに戦闘になることはありませんから」

シャロンはこの先に何があるのか知っているらしい。

「さて。何が来るか……」

シャロンが両手で扉を開く。見た目よりも軽いようだ。

扉の向こうには、薄暗い正方形の部屋があった。壁には等間隔で松明《たいまつ》がかけられており、部屋の中心には腰くらいの高さの台座が置かれている。

シャロンの言う通り、魔物の気配は感じない。

「よし！　当たりです！」

部屋の光景を見て、シャロンは喜んだ。

よく見れば、正面奥の壁面に横書きの文字が記されている。

ソフィは壁にかけられた松明を一つ手に取り、暗がりを火で照らしながらそこに記されているものを読んだ。

「……数式？」

三行にも及ぶ複雑な数式が、そこに記されていた。

何だろう、これは。何かの暗号なのだろうか？

「あの、シャロンさん。この部屋は一体……？」

「計算問題を解いたら先へ進める部屋です！」

「……はい？」

「計算問題を解いたら先へ進める部屋です！」

違う、聞こえなかったわけではない。

意味が分からないから訊《き》き返したのだ。

「暗球回廊《あんきゆうかいろう》には幾つもの部屋があるんですが、その中身はランダムに変わるんです。これは計算の間。壁に書かれた数式の答えを、この台座で答えれば先に進めます」

シャロンはリュックサックから紙とペンを取り出し、床で数式を解きながら答える。

もう一度、ソフィは数式を見た。……ギリギリ学生時代に勉強した範囲だ。しかし解き方は忘れてしまった。どうやらこの部屋で自分が力になれそうなことはない。

「……念のため訊きたいんですが、ダンジョンって普通こうじゃありませんよね？」

「無論です！　こんな訳の分からないダンジョンは暗球回廊だけです！」

そう言ってシャロンは立ち上がり、台座に近づいた。

よく見れば台座の下に小さな四角形の石が幾つも転がっていた。シャロンはこの石を三つ拾って台座に載せる。すると、数式が書かれた正面の壁が持ち上がり、先へ続く通路が現れた。

答えが三だったから、三つの石を台座に載せたようだ。

「ちなみに、部屋の課題を解かず、魔法でゴリ押しして先へ進もうとすると魔物が出てきちゃいますので気をつけてください。ソフィさんの実力なら問題ないかもしれませんが、万一、魔物を逃がしちゃうと他の探索者たちの迷惑になっちゃいますからね」

「分かりました」

丁度それを提案しようと考えていたところだった。

「では、先へ進みましょう！」

再び通路を進む。

どうやら暗球回廊は、普通の部屋と、特殊な部屋と、通路の三つで構成されているらしい。特殊な部屋の中身は一定時間の経過と共に変わるらしく、地図の作成が意味を成さないようだ。

しばらく進むと、また石の扉が現れた。

シャロンが開けた扉の向こうには、またよく分からない空間が広がっている。先程よりも二回り以上大きな部屋で、細い橋のような足場や、滑り落ちそうな坂道などがたくさん見えた。

「む、これは体力の間ですね！　ソフィさん、ここでは魔法が使えません！　身体能力のみであちらの台座まで辿《たど》り着《つ》く必要があります！」

「あちらの台座と言われても……」

台座は遥《はる》か遠くに置かれていた。

坂道を駆け上がり、細い石の橋を渡り、凹凸のある壁を登り、回転する足場を越えて……そうやって最後に、あの台座に到着する道筋のようだ。

ソフィのこめかみから、たらりと冷や汗が垂れた。

「今回は全員で台座に触らないといけないタイプですね。しかし幸い、難易度は初級程度。このくらいならすぐに突破できるかと思います！」

「ちょ、ちょっと待ってください。実は私、肉体労働は専門外でして……」

「さあソフィさん！　一緒に頑張りましょう！　手伝いますから！」

シャロンは初めて会った時のように、キラキラと瞳《ひとみ》を輝かせて言った。

やるしかないのか……?

やるしか、ないのか……?

「ぐ、ぬぬ……っ‼」

七回目の挑戦でようやく最初の斜面を駆け上がったソフィは、既に滝のような汗を流していた。

「ソフィさん！　次はこっちです！」

「ま、待って、ください……」

「この部屋、制限時間があるんです！　そろそろ危ないので急ぎましょう！」

「無理……もう、無理………っ」

ぷるぷると膝《ひざ》を震わせながら、ソフィは必死に台座へ向かって進んだ。

シャロンに手を引かれ、アドバイスを貰い続け、やっとのことでゴールに着く。

肩で息をしていたソフィは、台座に触れると同時に地面に座り込んだ。……客商売なので清潔感にはいつも気を遣っているが、全身ボロボロになってしまった。久しぶりに、いや、ひょっとしたら生まれて初めてここまでの汗を流したかもしれない。

「ソフィさん、お水です！」

「あ、ありがとう……ござい、ます……っ」

余裕のないソフィは、受け取った水筒の蓋《ふた》を開け、がぶがぶと水分を補給した。

「しかし……こんなに大変な部屋も、あるんですね……。この部屋は……他の探索者も手こずるんじゃないですか……？」

暗球回廊には幾つもの特殊な部屋があるというが……この部屋はハズレではないだろうか。

今回はシャロンがいたから何とかなったが、きっと多くの探索者がこの部屋に直面したら引き下がる選択をするだろう。

「いえ、これは初級ですから、十歳くらいの子供でも突破できる部屋ですね。数ある部屋の中でも大当たりに該当します」

「……………」

ソフィの目が死んだ。

「……シャロン、さん」

「はい！」

「人間には、得手不得手というものがあります……」

ソフィは学生時代のことを思い出した。

ソフィは魔法のことなら誰にも負けなかったが、唯一の苦手分野があった。それは運動。身体を動かすことである。

私には不要ですから——涼しげにそう言って何度も体育の授業をサボっていたが、真相は尋常ではない運動音痴を隠したかっただけである。

多分、あの金髪ドリルすら気づいていない、ソフィの弱みだった。

「…………ここで見たことは、忘れてください」

「畏《かしこ》まりました！」

何も訊かないシャロンの、全てを察したような態度が、ソフィの胸をちくりと刺す。

ソフィは胸の痛みに耐えながら、回復魔法で疲労を取り除いた。

◆

体力の間を突破したソフィたちは、再び暗球回廊の通路を進んでいた。

先へ進むにつれて魔物が襲いかかってくるが、ソフィが難なく対処してみせる。

どうやら暗球回廊は、魔物自体はそこまで脅威ではないらしい。シャロンも、魔力生命体が現れてから難易度が跳ね上がったと言っていたから、本来ならここは簡単なダンジョンなのだろう。

普通のダンジョンは広大な地下空間に魔物が出現するだけだ。環境や出現する魔物に多少の違いはあっても、この暗球回廊のような訳の分からない部屋は普通のダンジョンの特徴ではない。

それゆえに新米冒険者の修練に向いているとされているのだろう。このダンジョンには今のところ致死性のトラップなどが見当たらない。危険は少ないが心身は鍛えられるダンジョンだ。

「ああいう特殊な部屋は、最初から暗球回廊にあったんですか？」

「二つの説がありますね。ソフィさんの言う通り、最初からそうだったか……或《あ》いは、このダンジョンの構造が途中で変わったか」

「途中で変わった？　それってクリスタルの異変とはまた別の話でしょうか？」

「はい。暗球回廊はこれまでも何度か構造を変えている可能性があるんです。これもまた、はっきりとした証拠の発見には至っていませんが……発見された当時はトラップだらけだったという記録があるんです」

「クリスタルがおかしくなったせいで、色んな研究が中断されているんですね」

「そうなんです。おかげで学会はいつも阿鼻叫喚《あびきょうかん》で。だから私は引っ越しを決意して──」

シャロンは勢いよく両手で口を塞いだ。

「失礼しました！　何でもありません！」

「………はぁ」

絶対、何かある態度だが……。

ソフィが不審に思っていると、通路の奥から一人の男がやって来た。

「おい、アンタら！　そっちには行くな！」

男はソフィたちに向かって叫びながら、何かから逃げるように走った。

男は全身傷だらけだった。重傷は負っていないようだが出血は止まっていない。腰には鞘《さや》がかけられているが、剣は納められていなかった。

戦闘の痕跡《こんせき》。それも、かなり激しい。

「出たんだよ！　魔力生命体がッ‼」

最低限の忠告は済ませたと判断したのか、男はソフィたちの横を走り抜け、そのまま脇目も振らずに地上の方へ逃げ去った。

「ソフィさん。いったん逃げ――」

「――大丈夫です」

ソフィは杖《つえ》を構えて言った。

「さっき、言いましたよね。人間には得手不得手があると」

突き当たりの角から、巨大な化け物が現れる。

感知魔法で魔力生命体との距離は既に把握していたので、姿が見えても焦りはしない。

ソフィたちの前に現れた魔力生命体は、額から角を生やした一体の馬のような形をしていた。背中からは羽が生えており、尻尾《しっぽ》は二つある。おどろおどろしい化け物だと思っていたが、全身を包む魔力が微かに光っていることもあり、上品で、どこか神々しくすら感じる見た目だ。

暗球回廊は他のダンジョンと同じく地下に広がる迷宮である。このダンジョンで、その翼が活躍する機会はないだろう。そういう意味では歪《いびつ》な生き物だ。自然発生するとは思えない。

馬が突進してきた。

目にも留まらぬ速さだ。蹄《ひづめ》が一度床を叩《たた》くだけで、次の瞬間にはソフィたちに肉薄する。

だが、馬の角がソフィを貫通するよりも早く――ソフィは拘束魔法を発動していた。

「こういうのは、私に任せてください」

魔力の鎖によって、馬は完全に拘束された。

馬は微かに抵抗を試みるが、鎖を更に締め付けるとやがてピクリとも動かなくなる。

「お、おぉ……っ」

この光景には、流石《さすが》のシャロンも驚いたようだった。

「ま、魔力生命体は、他の魔物とは比べ物にならないほど危険なはずなんですが……まさか、こんなにあっさり無力化できるとは……」

「まあ、確かに力は強い方ですね」

それでもソフィの敵ではない。

ソフィは動かなくなった魔力生命体を、まじまじと観察した。

（……まるで子供の空想みたいですね）

なんていうか、生物らしい生々しさが感じられないのだ。瞳は円《つぶ》らで可愛《かわい》らしく、口の周りには涎《よだれ》一つついておらず、毛並みは頭から尻《しり》まで全部サラサラだ。

絵本の中から飛び出てきたかのような見た目をしている。

「ソフィさん、魔物が来ました！」

シャロンの声に、ソフィはすぐに感知魔法を発動した。

奥から三体の魔物がやって来る。棍棒《こんぼう》を持った人型の魔物だ。

「あんまり、ソフィさんにばかり働かせるのも申し訳ないですから――」

そう言ってシャロンは、腰に携えていた杖を手に取った。

「――そりゃッ‼」

三体の魔物が一斉に動きを止める。

ソフィはその隙に、風の刃《やいば》を三つ放って魔物を全滅させた。

「ソフィさん、お見事です！」

「シャロンさんの援護も助かりました。今のは封印魔法ですか？」

「はい！　私、この魔法は得意なんです！」

拘束魔法と封印魔法は似て非なるものだ。拘束魔法は文字通り対象の動きを止めるための魔法だが、封印魔法は対象の機能や性質を一時的に停止させる魔法である。かつてソフィが勇者ロイドの荷物を運んだ際も、封印魔法で呪われた剣を安全にしてみせた。

「戦闘には拘束魔法の方が使えますけど、学者の場合なら封印魔法の方が便利かもしれませんね」

「そうですね。危険なものが発掘されることもありますし、重宝しています。……両親も、これだけは私に覚えてほしかったみたいです」

本来、封印魔法は生物に使うものではないが、先程シャロンは封印魔法で魔物の移動する機能を停止してみせた。こういう使い方ができる以上、封印魔法の練度が高いのは間違いない。

先へ進むと、また石の扉を見つける。

「さて、お次はどの部屋が来るんでしょうね……」

体力の間だけはやめてほしい。

次、あの部屋が来たら逃げようかな……ソフィは本気でそう思った。

シャロンが扉を開く。

今まで見たどの部屋よりも狭かった。体力の間ではない。ほっとしたソフィは、落ち着いて部屋の光景を観察する。

正面の壁に、数字が書かれていた。

計算の間かと思ったが、そこに記されているのは数式ではなく、あくまで数字のみだ。

「ぎゃ――‼　ハズレだ――‼」

シャロンが頭を抱えて悲鳴を上げる。

「あの、シャロンさん。こちらの部屋は……？」

「……資産の間です」

絞り出したような声でシャロンは言う。

「お金を払わないと、先へ進めない部屋です」

「………………ええ」

なんだその部屋。

暗球回廊《あんきゅうかいろう》に入る直前、シャロンがお金に余裕があるか尋ねてきた理由が分かった。ダンジョンの探索には装備の準備などに金がかかるため、その辺りの不安を吐露しているのかと思ったが……まさかダンジョンそのものに金銭を要求されることになるとは。流石に予想外である。

「……よし！」

立ち直ったシャロンが、大きな声を出した。

「帰りましょう！　私の手持ちでは、この部屋は進めません！」

「……分かりました」

一瞬、自分の財布の中身はどのくらいだったか考えたが、足りそうにないので頷《うなず》いた。

指定された金額は、この国の平均的な月収程度だった。貯金を崩せば通れる金額だが、この額を持ち歩いてダンジョンを探索するのは色んな意味で恐ろしい。

シャロンと共に、今まで歩いてきた道を引き返す。

暗球回廊の調査はまあまあ進んだ。資産の間に直面したのは運が悪いが、この辺りで地上に帰還して情報を整理するのは悪くない。

「ソフィさん。引っ越しはできそうでしょうか？」

「そうですね。通路が思ったよりも広かったので、荷物は問題なく運べそうです。ただ、戦闘が避けられないので、荷物を守る工夫が必要そうですね」

話しながら、再び石の扉を見つける。

シャロンが扉を開くと、そこは先程通った体力の間だった。しかし今回は何もしなくても最初から通路が出現している。

「帰り道は、部屋のギミックを無視して通れるんです」

「……それはよかったです」

本当によかった。

正直、また体力の間を突破しなくちゃいけないと考えると、シャロンよりも先にここに住んでしまおうかと思うくらい嫌だった。

「シャロンさんが、このダンジョンを好きになった理由が分かった気がします。暗球回廊は普通のダンジョンと比べて面白いですね」

心に余裕がある状態で体力の間を観察すれば、これもまた新鮮な光景だと思った。魔法が使えない空間というのも面白い。そういう空間を魔法で実現していることは分かるが、そこまで大掛かりな部屋がわざわざダンジョンの中にあるというのが斬新だ。

「うーん……そうなんですけど、それだけじゃないんですよね」

シャロンは苦笑しながら言う。

「暗球回廊を研究している人たちは皆、未解明の謎を究明することが目的です。でも私は、そういうのだけじゃなくて、なんていうか……ここの空気が好きなんです」

「空気、ですか？」

シャロンはその場で屈《かが》んで、足元を指さした。

「ここ、見てください」

シャロンは人差し指で床を突《つつ》いた。

指が床に沈む。

「見た目は石材ですが、実は柔らかくなっているんです。上にある足場から人が落下しても、怪我をしないように」

「……本当ですね」

硬い床のように見えたが、実際はクッションのような材質だったみたいだ。

丁度、真上には不安定な橋がある。あそこから落下した人間が、怪我をしないためのものだ。

「優しいんですよ、このダンジョンは」

シャロンは立ち上がり、部屋を一望する。

「人間臭いというか、どこか安心できるというか……こういうのがあるから、私はこのダンジョンに居心地のよさを感じているんです」

暗球回廊には特徴的な部屋が幾つもあるが、シャロンがこのダンジョンを気に入った理由はそれらの面白さではなく、その陰に見え隠れする人情のようなものらしい。

そう言われると、確かにこのダンジョンは優しいし……温もりを感じる。

不思議だ。暗球回廊は、どうしてこのようなダンジョンになったのだろう。

◆

相談した末、調査の続きは二日後に行うことにした。

引っ越し先が最深部である以上、やはり一度は最深部に到達して下見しておきたい。おかしくなったクリスタルというのも直接確かめなければ不安が残る。

二日後の朝。

ソフィが店の前を軽く掃き掃除していると、ジャケットを着た男性がやって来た。

「魔法使いの引っ越し屋、でしょうか？」

灰色の髪をきっちりと整えた男性だった。年齢は恐らく六十歳くらい。線は細いが、背筋が伸びていて目力があり、真面目《まじめ》な印象を受ける。

お客さんだろうか？　しかし生憎《あいにく》、今日は午後からシャロンと暗球回廊の探索を行うため、店は開かないつもりだ。掃除はただの習慣である。

「すみません。本日は営業を休ませていただいていて――」

「シャロンの親です」

男性は短く頭を下げた。

「午後から、あの子と暗球回廊へ向かうという話は聞いています。……あの子の依頼について、お聞きしたいことがありまして。少しお時間をいただいてもよろしいでしょうか」

「……はい。大丈夫です」

単なる雑談でも、仕事の依頼でもないようだ。

しかし複雑な事情があるのか、男性の顔色は不安の色に染まっている。

「中に入りますか？」

「ああ、いえ。立ち話で十分です」

男は首を横に振った。

「ジン＝エーガスと言います」

「ソフィです」

律儀に挨拶《あいさつ》する男ジンに、ソフィも合わせて頭を下げた。

「ソフィさん。あの子は、どのような内容で引っ越しを依頼していますか？」

「今のところ、ダンジョンの最深部に住みたいとしか聞いていませんね。荷物の見積もりはまだ行っていません」

「あの子が、暗球回廊に引っ越したい理由については聞いていますか?」

「住みたくなるほど愛着が湧いたと聞きましたが……」

「……やっぱりあの子は、全てを説明しているわけではないんですね」

ジンは額に手をあて、悩ましげな声を零《こぼ》した。

「ソフィさん。一度、シャロンの職場に来てみませんか?」

「シャロンさんの職場と言いますと……」

ジンは頷いた。

「学会です」

◆

移転が完了した王立魔法図書館の隣には、学術研究ホールと呼ばれる施設がある。主に学園関係者や研究者が大規模な会議を行うための施設で、ソフィも学生だった頃に何度か入ったことがあった。

学術研究ホールの入り口に向かうと、大きな看板が立てられていた。

ダンジョン学会主催・暗球回廊研究セッション。

ここに、シャロンは一人の学者として参加しているらしい。

ジンの案内に従って、ソフィは学術研究ホールの中に入った。ホールは一階と二階に分かれており、聴講のみの場合は二階の席へ座るらしい。

「急な話ですみませんでした。しかしあの子の真意を知ってもらうには、実際にこの光景を目にしてもらった方がいいと思いまして」

「ジンさんも学者なんですか？」

「ええ。親子揃《そろ》ってダンジョンを研究しています」

そう言ってジンは大広間へ繋《つな》がる扉を開いた。

扉を開いた直後、学者たちの大きな声が聞こえる。

「ですから、この研究を続けさえすれば――っ‼」

「そのための予算はどうするんだって訊《き》いて――っ‼」

一階から聞こえてくる喧騒《けんそう》に驚きながら、ソフィはジンの隣に腰を下ろした。

「……随分、議論が紛糾していますね」

「ええ。まあ、見慣れた光景です」

少し疲れた様子で、ジンは眼下で論争を繰り広げる学者たちを見た。

よく見れば一階の端っこの方にシャロンが座っていた。

学者たちの中でも比較的若いシャロンは、まだ立場がそこまで強くないのだろう。追いやられたような隅っこに座るシャロンだが、それでも時折、必死に声を張り上げて会議に参加していた。

その熱量は、他のどの学者にも勝っているように見える。

「現在、暗球回廊の研究を巡って、二つの派閥が対立しています」

会議の様子を眺めながら、ジンは説明した。

「最深部のクリスタルが異常をきたしたことはご存知ですね？　あれのせいで、暗球回廊の研究は停滞しています。その結果、学者たちはクリスタルの保護派と破壊派に分かれました。……破壊派の主張は、クリスタルを破壊すれば、魔力生命体も消えて停滞した研究を先に進められるのではないかというものです。この仮説が正しければ彼らの主張は真っ当と言えるでしょう。魔力生命体は危険ですし、それに対処しながら研究を続けるというのは出費が嵩《かさ》みますからね。それに、暗球回廊の中心部にある空洞とクリスタルには関連性があると明らかになっています。クリスタルを破壊したら、中心部の空洞に入れるかもしれないというのも彼らの考えです」

魔力生命体という危険な生き物が暗球回廊で跋扈《ばっこ》するようになった以上、彼らの護衛費は嵩増しされたに違いない。予算の兼ね合いは確かに解決するべき問題だろう。

「一方、保護派としては、クリスタルが秘めた可能性をまだ捨てきれずにいます。あのクリスタルにはダンジョンの構造を変える力があるという説が浮上していまして……もしかすると遺失魔法《ロストマジック》かもしれず、保護して慎重に調査を進めるべきだというのが保護派の考えです」

ジンの説明に、ソフィは小さく頷く。

要するに、破壊派はクリスタルを邪魔者だと思っていて、保護派はクリスタルを研究対象だと思っているわけか。

「暗球回廊《あんきゅうかいろう》は何度か構造を変えているかもしれないんですよね。クリスタルの正体が遺失魔法だとしたら……暗球回廊は、人の手によって改造された可能性があるんですか？」

図書館の引っ越しで、遺失魔法と多少なりとも縁ができたソフィの素朴な疑問だった。

しかしこの問いかけに、ジンは微かに表情を強張らせる。

「……そうなりますね」

それまで饒舌《じょうぜつ》な説明をしてきたジンが、途端に口数を少なくした。

部外者に公開できない情報に触れる話題だったのかもしれない。深掘りはやめておく。

「ジンさんは、どちらの派閥なんですか？」

「私は保護派の代表を務めています。娘のシャロンも同じ派閥です」

代表と聞いて、ソフィは微かに驚く。

親子揃って学者で、保護派のようだ。

シャロンが保護派であることは容易に想像できた。あれほど暗球回廊を愛している人間が、クリスタルの破壊などという、ダンジョンにどんな変化をもたらすか分からない行為に加担するとは考えにくい。

「ジンさんは、会議に参加しないんですか？」

「別件の仕事がありましたので。歳も歳ですし、そろそろ若い者たちに任せたいという気持ちもありますが」

別件の仕事が早く片付いたから、ソフィに声をかけて一緒に会議を見学することにしたようだ。

歳の話が出たことでふと疑問を抱くが、そういえば、ジンはシャロンの父親にしては少し年齢が高いように見える。

一階ではシャロンが大きな声で何かを主張していた。

そうだそうだ、と保護派たちに支持される一方で、破壊派たちは舌鋒《ぜっぽう》鋭く反論している。白熱した議論は、ソフィの目では終わりが見えなかった。

「悠長なことを言っている場合か！」

破壊派の学者が叫ぶ。

「魔力生命体のせいで怪我人が後を絶たない！　あのクリスタルは、研究価値がある以前に危険すぎる！　今すぐに破壊するのが人のためだと思わんのか！」

その発言に、シャロンは立ち上がって反論した。

「ぼ、暴論です！　そんなこと言ったら、ダンジョン自体が危険の塊みたいなものですよ‼」

「少なくとも魔力生命体の方は処理できる可能性があると言ってるんだ！」

「可能性の話じゃないですか！　クリスタルを破壊したら安全になる保証がどこに――」

「その慎重さで人を殺す気か⁉」

「――っ」

シャロンが言葉に詰まった。

「シャロン……お前は本来なら、我々に賛同する立場であるはずだ」

「……いいえ。私は、私だけは、こちら側に立たなくちゃいけないんです！」

双方の議論は更に熱を増した。叫び声が耳を劈《つんざ》く。まるで言葉の戦争だった。今の議論。中心となった人物は、最初に叫んだ破壊派の学者だ。

彼は厳めしい顔つきで保護派の学者たちを睥睨《へいげい》していた。一階では、破壊派と保護派が向き合うように席に座って会議が繰り広げられているが、その男は破壊派の先頭に堂々と座っている。

「あの男性が、破壊派の代表でしょうか？」

「ええ、ダリウスという男です。徹底的な合理主義者である彼にとって、保護派はいたずらにリソースを食《く》い潰《つぶ》す害虫にしか見えないのでしょう。……実際、彼の発言にも一理あります」

保護派の代表であるジンにとって、ダリウスは敵軍の首魁《しゅかい》であるはずだが、それでも彼について語るジンの声音には尊敬の念が込められていた。

対立はしているが、いち学者としては尊敬に値する能力がダリウスにはあるのだろう。

「現状、我々保護派は劣勢です。理由は今語られたように、犠牲者が出ているからです。破壊派の言う通り、魔物と違って魔力生命体の方は対処可能かもしれませんからね。……冒険者ギルドからも要請が出ているんですよ。魔力生命体をどうにかしてくれないかって」

ジンがそう説明した直後、司会の人間が会議の終わりを告げた。

勝敗をつけるような会議ではないと思うが、学者たちの顔色ははっきり明暗が分かれていた。鼻息荒く興奮する破壊派たちに対し、保護派たちは意気消沈して視線を床に注いでいる。

ソフィはジンと共に一階に下りた。

すると、暗い顔つきのシャロンと鉢合わせする。

「ジンさんと……ソフィさんっ⁉」

シャロンはソフィの顔を見て、驚きのあまり跳ね上がった。

「シャロン。引っ越しの理由は、ちゃんと全て説明しなさい」

そう言ってジンは立ち去り、他の学者に声を掛けに行った。どうやらジンはこの後、また別の仕事があるらしい。

二人きりになったところで、シャロンはばつが悪そうに「えへへ……」と笑う。

「恥ずかしいとこ、見せちゃいましたね」

二日前の明るい雰囲気からは一転して、シャロンは物憂げに言った。

「私の両親、暗球回廊の探索中に死んじゃったんです」

寂しそうな顔で、シャロンは言った。

「当時はまだ魔力生命体が出ていませんでしたから……多分、罠に引っ掛かったか、魔物に襲われたかだと思います」

「では、ジンさんは……」

「育ての親です。私が三歳の頃に両親は死んでしまったので、それからはジンさんに引き取られて育てられたみたいです」

当時の記憶は朧気《おぼろげ》なのだろう。シャロンは伝聞のように語った。

そんなシャロンの強さにソフィは気づく。

シャロンは言った。たとえ魔力生命体がいなくても、ダンジョンは元々危険の塊であると。

シャロンはそれを、身を以て経験していたわけだ。

だからこそ彼女は立ち上がり、強気に反論してみせたのだろう。

両親は犠牲になったが、それでも二人の間に生まれた娘は前に進む決断をしている。――そう主張できるのは、他ならぬシャロンのみだった。

シャロンは、両親の犠牲を、破壊派の付け入る隙にしたくなかったのだ。

「私の目標は、両親の遺志を継いで暗球回廊を研究することです。……両親は、クリスタルの研究中に死にました。その際、研究資料も失われたようです。……父と母は優秀な学者だったらしく、あの二人がクリスタルに執着した以上、クリスタルには必ず何かがあるというのが保護派の総意です。だから私は、両親がどのような研究をして、どのような成果を手に入れたのかを発掘し、引き継ぎたい。……そのためにも、クリスタルが今壊されては困るんです」

シャロンは情熱の根源を吐き出した。

父と母。二人の背中を追い続ける。その先に、何かがあるはずだと信じて――。

「だから私に、引っ越しを依頼したのですか？」

ソフィの問いに、シャロンは「はい」と静かに答えた。

「すみません、利用するような真似《まね》をしてしまって。……魔法使いの引っ越し屋さん。どんな人でも素敵な旅立ちにしてもらえるという貴女《あなた》の噂を聞いて、ひょっとしたら、貴女なら今の暗球回廊《そこ》を、人が住めるような安全な場所にしてくれるんじゃないかと思いました。……そうすれば、破壊派も口を閉ざすしかありません。彼らの主張は一貫して、クリスタルを破壊しないと危険だというものですから」

クリスタルがある最深部を、人が住める環境にする。もしそれが可能なら、破壊派の「クリスタルが危険だ」という主張を覆すことができるだろう。

だからシャロンは、最深部への引っ越しを希望したようだ。

「あ、でも、誤解だけはしないでくださいね！　暗球回廊に住みたいというのも本音なので！　というか全然そっちの方が理由としては大きくて、ついでに破壊派への牽制《けんせい》もできたら、一石二鳥かも……くらいの気持ちです！」

「そ、そうですか……」

普通にただの変人だった。

少なくとも引っ越しの理由自体は、シャロン自身のダンジョンに対する愛のようだ。

「シャロンさん。午後からの探索についてですが……」

「おっと、そうでした！　そろそろ出発しないといけませんね！」

すっかり調子を取り戻したシャロンが、元気いっぱいに言う。

落ち込んだ気分でダンジョンを探索するのはしんどいし、何より危険だ。シャロンが切り替えた空気に乗じて、ソフィは前もって決めていた提案を伝えることにする。

「シャロンさん。前回の別れ際、暗球回廊について色々教わった時に考えたのですが――」

二日前。地上に帰ってきたソフィは、シャロンから暗球回廊の特殊な部屋について教わった。暗球回廊の部屋は、計算の間、体力の間、資産の間だけでなく、他にも幾つか確認されている。

それらの部屋の特徴を考えた時、ソフィはある作戦を立てた。

「協力者を、用意しましょう」

◆

学術研究ホールを出たソフィは、早速、事前に声をかけていた仲間たちをシャロンに紹介した。

「フランシェスカ＝シルファァリーオ！　宮廷魔導師ですわっ‼」

「アルだ。魔法使い見習いってことになってる」

ふぁさ〜〜っと金髪縦ロールを掻《か》き上げるフランシェスカ。その隣でアルはじろじろと無遠慮にシャロンのことを観察する。

「シャロン＝エーガスです！　ダンジョンが好きな学者です！　よろしくお願いいたします！」

ボサボサの髪を派手に揺らして、シャロンが挨拶《あいさつ》した。

協力者を用意しといてなんだが……ちょっと面子《メンツ》が濃すぎるかもしれない。

「いやぁ、まさか宮廷魔導師様とご一緒できるとは！　大変ありがたいです！」

「ふふふ……そうでしょう、そうでしょう！　わたくしのことはフランと呼んでくださいまし‼」

フランシェスカが誇らしげに胸を張った。

「アルさんも、期待していますよ！」

「おう。まあ俺も、修行に利用させてもらうつもりだから、遠慮はいらねーぜ？」

今回の引っ越しに使っていい予算は、店で仕事を依頼された際に提示してもらっている。予算の一部を使って宮廷魔導師であるフランシェスカを雇うことにしたが、アルに関しては本人が今説明した通り、修行の身であるため人件費はかからない。仙龍《せんりゅう》と再会するために魔法の腕を磨きたいアルにとって、ダンジョンの探索はいい経験になるだろう。

ソフィが二人と同行しようと思ったのには理由があった。

「人望の間、でしたか？　同行者が多ければ多いほど有利になる部屋があると聞いて、協力者を用意してみようと思ったんです。それに、今回は本格的に最深部を目指すので、荷物も色々増えますし……このくらいの人手があった方が便利だと思います」

前回の探索にかかった時間は、往復で半日ほどだった。

最深部への道のりは前回の倍以上はあると聞いたので、今回は日を跨《また》いでもいいように食料や簡易テントなどを準備している。これだけの人数がいるなら荷物も分担して運ぶことが可能だ。

「なるほど……ソフィさん、気を配っていただきありがとうございます！」

「いえいえ。やり甲斐《がい》のある仕事なので、私も少し張り切っています。頑張りましょう」

「はいっ‼」

元々ダンジョンに引っ越したいという珍しい依頼だったので、ソフィの関心は強かった。そこに加えて、先程シャロンが吐露した深い情熱がソフィの心に火を点《つ》けた。

この依頼、なんとしても達成してみせよう。

「ところでフランさん。その髪型……もしかして、ソフィさんの噂を流している宮廷魔導師というのは、貴女のことなんでしょうか？」

シャロンの疑問に、フランシェスカは「ぎょっ⁉」と悲鳴を上げた。

そういえばそうだった。シャロンは恐らく、フランシェスカが流した噂を聞いて、ソフィの店に辿《たど》り着《つ》いたのだ。

この金髪ドリル女が、勝手に流した噂を聞いて……。

「ソ、ソフィ？　違うんですのよ？　これは、その……」

「……貴女には言ったことありますよね？　そういう噂を流されると、普通のお客さんが遠退《とおの》いてしまうから遠慮してほしいと」

「だ、だって！　偶《たま》には親友の自慢話とかしたくて……っ‼」

「親友？　誰のことを言ってるんですか？　フランシェスカ＝シルファリーオさん」

「初対面のやつ！」

ですわ！　と語尾を後付けしたフランシェスカは、しばらく涙目のままだった。

◆

二度目の内見……もとい、探索が始まった。

暗球回廊《あんきゅうかいろう》の情報については事前にフランシェスカとアルに共有している。そのおかげか、二人は最初から落ち着いていていた。

「アル、大丈夫ですか？　ダンジョンの探索は初めてだと思いますが……」

「桜仙郷《おうせんきょう》の方が入り組んでたし、今のところ別に大したことねーって印象だな」

宮廷魔導師に人外魔境と言わしめるほどの土地である桜仙郷で過ごしてきたアルにとって、ダンジョンのプレッシャーは毛ほどもないようだ。しかもアルは、神獣という最上位の魔物を親として育ってきた。今更、並大抵のことでは萎縮《いしゅく》しない。

それでも周りからはそう見えなかったのか、探索中の冒険者たちがこちらを見て声をかける。

「おいおい、お前たち。いくらなんでも女子供だけで探索するのは……って、シャロンか」

「シャロンがいるなら大丈夫か」

親切な冒険者たちは、シャロンの顔を見るなり安心して去って行った。

「相変わらず、シャロンさんは顔が広いですね」

「隙あらばこのダンジョンにいますからね！」

それは誇ってもいいことなのだろうか？

「……師匠。こういう人のことを変態っていうのか？」

「否定はしません」

「ふーん。世の中には色んな人間がいるんだな」

意気揚々と先導するシャロンの背中を、アルは興味津々といった様子で見つめた。

長らく自分以外の人間と接することのなかったアルにとって、シャロンという人物は少々刺激が強すぎる性格をしているかもしれない。

通路を歩いていると魔物が襲いかかってきたが、ソフィたちの敵ではなかった。こちらには宮廷魔導師がいるし、それにアルも戦力としてそこそこ活躍してくれる。

「アル、火炎魔法が上達しましたね」

「ほんとか師匠⁉　いやぁ、結構頑張ったんだよ、これ。学園に通ってる友達がさ、杖《つえ》に魔力を通す時のコツを教えてくれて……」

アルは嬉《うれ》しそうにここ最近の修行のことを語った。どうやら図書館の引っ越しの時に知り合った学生とは、今も関係が続いているらしい。

アルは育った環境こそ特殊だが、その性格は純粋で、真《ま》っ直《す》ぐだ。

これからもっと多くの人たちと仲良くなり、切磋琢磨《せっさたくま》していくだろう。

アルの成長を微笑《ほほえ》ましく思っていると、石の扉が立《た》ち塞《ふさ》がった。シャロンが扉を開くと、正面の壁に数字が刻まれた、見覚えのある部屋に入る。

「一発目で引いてしまいましたね」

「なるほど、これが資産の間ですわね。…………………お、思ったより高いですわね」

壁に刻まれた金額を見て、フランシェスカは複雑な顔をする。

「シャロンさん。ご用意は……」

「ええ、できています」

シャロンはリュックサックの中から硬貨の入った布袋を取り出した。

「仲間たちのカンパ……無駄にはしませんよッ‼」

シャロンが涙を流しながら袋を開き、中に入っていた大量の硬貨を台座の上に載せた。この日のために同僚たちから金を分けてもらったらしい。

クリスタルがおかしくなり、魔力生命体が現れたせいで研究費が嵩《かさ》んでいるという話をジンから聞いたばかりだ。この金は、多くの学者たちが血の涙を流して絞り出したものに違いない。

引き続き、ソフィたちは暗球回廊を進む。

また石の扉が現れた。シャロンが開き、中に進む。

「お？　この部屋は……」

アルが部屋の構造をざっと確認する。

「人望の間ですね。皆さん、壁の手すりに掴《つか》まってください！」

今回、助っ人を呼ぶ理由にもなった部屋だ。

シャロンの指示通り、ソフィたちは壁の手すりを掴んだ。

直後、力強い地響きがする。床下で何かが激しく揺れているようだ。手すりに掴まっていなければ立っていられないほどの揺れがしばらく続いた。

揺れが収まった後、奥の壁が持ち上がって先へ続く通路が現れる。

「シャロンさん。今の揺れは……？」

「人望の間は、同行者の人数が多いほど、この先の道のりを短縮できるといったものなんです。今の揺れは、通路の切り替えによるものですね。今回は四人ですから、二つの部屋を短縮できたはずですよ！」

人数が多ければ有利になるとは聞いていたが、その具体的な内容は知らなかったので、ソフィたちは「ほぉ」と感心した。

よくできたダンジョンだ。

……できすぎていると感じるのは、気のせいだろうか？

疑問を感じるソフィを他所《よそ》に、シャロンは先へ進む。

更に進み、ソフィたちはまた石の扉を開いた。

正面の壁面には、文章で問題が記されている。

「知識の間です！　これは……地理の問題ですか」

シャロンはリュックサックから冊子を取り出し、素早くページを捲《めく》る。

既出の問題なら、正しい回答を確認できるが……。

「……すみません。この問題、恐らく初出のものです。ここにいる四人で解くしかありませんね」

どうやら未確認の問題だったらしい。

問題の内容は、とある特産品がどの地方のものなのかを問うものだった。

むむむ、とシャロンたちが頭を捻《ひね》る中……。

「四番のミレーネ地方ですね」

ソフィが答えを述べる。

「引っ越し屋ですから、地理には自信があります」

「ソフィさん！　ありがとうございます！」

シャロンが近くに転がっている四角形の石を四つ拾い、台座の上に置く。

先へ続く通路が出現した。

その後も、探索は順調に進み――。

「健康の間ですね！　体調が悪い人は、ここで脱落してしまいます！」

「えっ!?　お、俺、実はちょっと熱っぽいんだけど……」

なんでそんな部屋があるんだ――。

流石《さすが》に突っ込みを入れたくなったが、それよりも早くアルが焦った。

「アル、おでこを出してください」

申し訳なさそうに前髪を持ち上げるアル。その額にソフィは手をあて、熱を確認した。少し熱い気もするが、これなら微熱程度だろう。

今回のダンジョン探索は貴重な経験だと考えていたのか、アルは多少体調が悪くても参加したかったらしい。……それを報告しない辺り、まだまだ一人前とは言えない子供だ。

「一応、回復魔法をかけておきましょう」

念のため、ソフィはアルに回復魔法をかけてやる。

その後、ソフィたちはシャロンの指示通り、一人ずつ台座に掌《てのひら》をあてた。健康でない者が掌をあてると、警告音が鳴り響いて先へ進めなくなるらしい。しかし最後にアルが掌をあてても警告音が鳴ることはなく、代わりに先へ続く通路が現れた。

アルは胸を撫《な》で下《お》ろす。

更に先へ進むと――。

「音楽の間です！　正しい演奏をしなければ先へ進めません！」

だからなんでそんな部屋があるんだ――。

「おーっほっほっほ！　それなら、わたくしにお任せをッ‼」

優雅に演奏してさしあげますわ～～ッ‼　と高笑いしながら、フランシェスカは床に置いてある弦楽器を手に取った。楽器は何でもいいから、とにかく壁面に記された楽譜通りに演奏すれば先へ進めるようになるらしい。

フランシェスカが見事に演奏してみせたが、

「……通路、現れねーな」

ソフィとアルが首を傾《かし》げていると、シャロンが気まずそうに口を開く。

「あの……アレンジはなしでお願いします」

「……仕方ないですわね」

何やってるんだこの金髪ドリル女は……。

鋭く睨《にら》むソフィの視線に貫かれながら、フランシェスカは今度こそ楽譜通りに演奏してみせ、通路が出現した。

（…………………………はて）

先へ進みながら、ふとソフィは不思議な気分に浸った。

先程から部屋に入る度に、妙なデジャヴを感じる。

どこかで似たような経験でもしたのだろうか？　そんなはずないと思うが……胸中に蟠《わだかま》る既視感はいつまで経《た》っても消えることがなかった。

「し、師匠！　なんかやばそうな奴《やつ》が来てるぞ！」

通路を歩いていると、不意にアルが焦燥する。

「アル、もう感知魔法を覚えたんですか。これは修行のペースを上げてもよさそうですね」

「ほんとか⁉　――じゃなくて！　マジで危ない奴がいるって！」

アルはころころと表情を変えながら、突き当たりを指さした。

曲がり角の向こうから、鹿のような生き物が現れた。ただの鹿ではない。その節くれ立った角からは色取り取りの花が咲いている。

「ソフィ。あれが魔力生命体ですの？」

「ええ。今回は二体いますね」

鹿の後ろから、宙を泳ぐ魚が現れる。こちらも身体に色鮮やかな模様があり、吐息を零《こぼ》して見惚《みと》れてしまいそうな美しさを纏《まと》っている。――やはり、子供の落書きだ。幻想的で、生々しさを感じさせない、御伽噺《おとぎばなし》の生物である。

無論、彼らが内包する恐ろしい量の魔力は忘れてはならない。

二体とも、真剣に対処しなければならない敵だが――。

「ふっ」

フランシェスカが不敵に笑う。

「わたくしたちなら、余裕ですわね」

「そうですね。一体ずつ、確実に倒していきましょう」

宮廷魔導師の有望株であるフランシェスカ、そして『時代の魔法使い《ロード・オブ・ウィザード》』のソフィ。二人が力を合わせれば、この程度の敵をあしらうのは朝飯前だった。

◆

ソフィたちの前に、石の扉が現れた。

もう何度も見た景色だが、その先の部屋が毎回異なるため飽きることはない。むしろ少しずつこのダンジョンの特異性に慣れてきて、ソフィたちは若干ワクワクしていた。

「次はどんな部屋なんだ⁉」

「美食の間とかあってもいいいんですのよ！」

アルとフランシェスカはすっかり暗球回廊《あんきゆうかいろう》の探索を楽しんでいる。

「いえ、この扉は……っ‼」

シャロンが今まで以上に興奮した様子で、扉を開いた。

扉の先にはかつてないほど広い部屋があった。しかし雰囲気がこれまでのものとは違う。これまでの部屋は、床も壁も真っ平らな石造りでどこか人工的な様相だったが、今回の部屋は床も壁も洞窟《どうくつ》の岩肌のようにゴツゴツしており、自然が剥《む》き出《だ》しになっていた。

唐突に遊びがなくなったような雰囲気に、ソフィたちは警戒する。ここが命の危険を伴うダンジョンであることを改めて思い出した。

これまでの部屋は、中心に台座が置かれていたが、今回はそれもない。

代わりに——光り輝く青い水晶が浮かんでいる。

「……クリスタル？」

この青い水晶は、クリスタルと呼ばれているとシャロンから聞いた。

クリスタルがあるということは——。

「皆さん、本当にありがとうございます！」

シャロンが深々と頭を下げる。

「こんなに順調に最深部へ辿《たど》り着《つ》けるなんて、信じられないです！　ひょっとしたら公式記録を塗り替えた可能性すらあります！」

時間を計っておけばよかったです！　というシャロンの声が部屋中に反響した。

やはりここが暗球回廊の最深部のようだ。緊張が解《ほぐ》れ、一同は静かに吐息を零す。

地上から最深部まで、感覚的には半日くらいかかっただろうか。シャロンが時計を見ていたのでソフィも一緒になって確認すると、半日はとうの昔に過ぎていたようだった。日の差さない地下なので時間感覚が狂うというのもあるが、それ以上に自分もこのダンジョンを、時間を忘れるくらい楽しんでいたようだ。フランシェスカとアルを馬鹿にはできないな、と小さく笑う。

それにしても……よかった。

体力の間が来なくて……本当によかった。

「……これが、問題のクリスタルですか」

数々の研究を停滞させている元凶とみなされているクリスタルだが、近づいて確認すると、とてもどこかおかしくなっているようには見えない。美しくて完璧《かんぺき》な水晶だ。

だが、微かに地面から浮いていることも含めて、明らかにただの宝石ではない。

「独特な魔力の流れをしていますわね」

「そうですね。それに、この性質は……」

ソフィとフランシェスカが、分析魔法を発動する。杖《つえ》の先端にレンズを作って、二人はクリスタルを観察した。アルがソフィたちを見て「次はその魔法教えてほしいな」と呟《つぶや》く。

「……一種の、魔光水晶のように見えますね」

「ソフィさんから見ても、そのように感じますか」

ソフィの独り言に、シャロンが反応する。

魔光水晶とは、内部に魔力を蓄積することができる鉱石のことだ。蓄えた魔力の量が増えるにつれて水晶がキラキラと光り輝くことから、魔光水晶と名付けられた。

クリスタルの正体が魔光水晶だとしたら、この光の輝度から考えて、既に限界まで魔力が蓄積されていることになる。それに、これほど巨大な魔光水晶は見たことがない。

ぐう、と妙な音が聞こえた。

振り返れば、フランシェスカが恥ずかしそうに腹の辺りを押さえている。

アルが失笑した。

「腹ぺこドリル」

「抉《えぐ》りますわよっ‼」

このやり取り、お約束みたいになってきたなぁ……と思いつつ、ソフィも自分が空腹であることを自覚した。

「取り敢えず、拠点の準備にとりかかりましょうか」

一同は荷物を下ろし、拠点の構築に取りかかる。拠点と言っても簡易テントと寝袋だけでほぼ完成する小規模なもので、どちらかと言うと食事の方に時間がかかりそうだった。

(うーん……やはりインフラが問題でしょうか)

拠点の構築は、引っ越しの予行演習にもなって丁度よかった。

火と水は生活に欠かせないし、火を使うなら換気もした方がいいだろう。気軽に地上へ出られるなら適宜物資を調達してもいいが、半日以上かかるとなればそれも難しい。

それに、何と言っても魔力生命体にいつ襲われるか分からないのが最大の問題だ。

最深部にも魔力生命体は現れる。安心して生活できないなら、その時点で引っ越しは失敗だ。

「むむむ……むむむ……」

「流石の貴女《あなた》も、今回の仕事ばかりは手こずっていますわね」

「いえ、その気になったらできるんですが……それこそ、馬鹿みたいに頑丈な結界を張って、水も火も魔法で用意して、通気口はいっそ自分で作って……」

「……相変わらずデタラメですわね」

同情の眼差しを向けてきたフランシェスカだったが、ソフィの脳内にある強引な勝算を聞いて若干引いていた。しかしこのやり方には欠点がある。燃費が悪すぎるのだ。シャロンがソフィと同じくらい魔法を使えるなら問題ないが、そうでない以上、魔法でゴリ押すのは非現実的である。

「シャロンさん。この部屋に魔物は来るんですよね？」

「はい。さっき私たちが通ってきた扉と、あとは向こうの壁際から自然発生することがあります」

具体的な答えが返ってきた。やはり専門家の知識量は違う。

「シャロンさんは、どのくらい昔からこのダンジョンを探索しているんですか？」

「うーん……五歳ぐらいからですかね」

ソフィは「えっ」と短く声を零す。

流石《さすが》に早すぎる。

言葉を失うほど驚いたソフィに、シャロンは笑って語り出す。

「最初は、ジンさんの仕事にこっそりついて行ったんですよ。そしたら、その一回ですっかりダンジョンの虜《とりこ》になりまして。それからは毎日のように暗球回廊へ足を運びました。何度もジンさんに見つかって連れ戻されましたが、懲りずに挑戦するうちに冒険者の方とも仲良くなりまして。彼らに協力してもらえるようになった辺りから、ジンさんも許すしかなくなって……そんなわけで、もう何百回もこのダンジョンには来ていると思います。まあ、私が十歳の頃から魔力生命体が出るようになっちゃったので、しばらく来られない期間もあったんですが」

シャロンにとってそれは、一つ一つが美しい思い出なのだろう。

彼女を変人の一言で表現するのは不躾《ぶしつけ》な気がした。シャロンにとって、暗球回廊はもはや切っても切り離せない、大切な居場所なのだと改めて理解する。

「シャロンさんは、このダンジョンと共に育ってきたんですね」

「はい」

どこか誇らしげに、シャロンは首を縦に振った。

その時、石の扉が開く。

ソフィとフランシェスカが瞬時に杖を構え、少し遅れてアルも杖を扉の方に向けた。

扉の向こうからやって来たのは――。

「――よし。早速、実験を開始する。まずは七番から九番の火薬を試すぞ」

見覚えのある厳めしい顔つきの男だ。

確か、クリスタル破壊派の代表――ダリウスだ。

「ダリウスさん？」

シャロンがその名を呟くと、ダリウスはこちらに気づいて舌打ちした。

ダリウスの周りには、冒険者と思《おぼ》しき男たちが三人いる。彼らを護衛にして、最深部までやって来たのだろう。

「どうやって、ここまで来たんですか……？」

ダリウスたちを見て、シャロンが訊《き》く。

「その装備……最深部を目指すにしては、あまりにも心許《こころもと》ないものです。それに、ダリウスさんは学会の後も仕事があったはず。こんなすぐ私たちに追いつけるはずがありません」

シャロンの言う通り、ダリウス一行の荷物は少ない。地上と最深部を往復する場合、必ず日は跨《また》ぐことになるというのがシャロンの見解だが、ダリウスたちは日帰りを前提としているような軽い装備を身に着けているだけだった。

ダリウスの傍《そば》にいる冒険者たちの実力をさり気なく探るが、極めて優秀というわけでもなさそうだ。だが彼らは、ソフィたちよりも早い時間で最深部に到達している。

つまり、この状況が意味することは――。

「……私たちに共有していない、暗球回廊の攻略法があるんですね？」

「ふん、だから何だと言うのだ」

「ふざけないでください！　派閥は違っても、私たちは同じ分野の学者です！　新たな攻略法があるなら共有するのが筋ではありませんか⁉　実際、保護派はそうしています！」

激怒するシャロンに、ダリウスは顔を顰《しか》めた。

「ダリウスさん。貴方《あなた》は今朝の学会で、犠牲者を出さないためにもクリスタルを破壊するべきだと主張していましたね。犠牲者を出したくないなら、どうして情報を規制するんですか！」

「……ここはダンジョンだ。議論の場ではない」

ダリウスの言い訳はこの上なく苦しかった。

犠牲を嘆く品行方正な男を演じておきながら、その実、情報を握《にぎ》り潰《つぶ》して保護派だけが犠牲を被る状況を作っていたのだ。悪質の一言に尽きる。

「では教えてください。ここで何をするつもりなんですか」

「クリスタルの破壊に決まっているだろう。……おい、準備をしろ！」

唐突に繰り広げられた舌戦に、ダリウスの傍にいた冒険者たちは戸惑っていたが、指示に従うことにしたらしくクリスタルに近づいた。

しかしシャロンが、冒険者たちの前に立《た》ち塞《ふさ》がって両手を横に広げる。

「クリスタルの処遇はまだ議論している最中です！」

「黙れ！　魔力生命体のせいで、どれだけ研究が行き詰まっていると思っている！」

ダリウスは額に青筋を立てて憤慨した。

「お前の目的は知っている。両親の研究を引き継ぐことだろう？　だが、その研究に価値があるとは限らない！　二十年近く前の研究だ、役に立たないに決まっている！」

「そ、そんなこと……っ‼」

「どうせそのクリスタルは、ただの魔光水晶だ！　研究する価値などない！」

ダリウスの怒声に、シャロンは怯《ひる》んで何も言えなかった。

「それは、違うと思います」

シャロンに代わってソフィが発言する。

ダリウスはソフィを一瞥《いちべつ》し、それからフランシェスカを見て、微かに動揺する。

「宮廷魔導師……高い護衛をつけたものだな」

フランシェスカの外套《がいとう》を見て、ダリウスは小さく呟いた。

ダリウスが改めてソフィを見ても、瞳《ひとみ》の奥に潜んだ慎重さは消えなかった。ソフィのことも宮廷魔導師だと誤解しているようだ。

丁度いい。こちらを宮廷魔導師だと思っているなら、今から伝える話も一考してくれるだろう。

「恐らく、最初は貴方の言う通りただの魔光水晶だったと思います。しかし今のこの水晶は、周囲のダンジョンと同化しています」

「同化だと？」

「そうとしか表現できない現象です。この水晶から漏れ出た魔力は、ダンジョンのあらゆる区域と相互に干渉しています。何がどう干渉しているかは私にも分かりませんが、とにかく魔力の流れが通常の魔光水晶とは大きく異なるんです」

ダリウスは顎《あご》に指を添え、考えた。

「それに……先程、貴方はこう言いましたね。七番から九番の火薬を試す、と」

ダリウスの表情が強張る。

火薬の番号に何の意味があるかは知らないが、その発言から、クリスタルの破壊を試みたのは今回が初めてでないことは明らかである。

「クリスタルの破壊に、かなり手間取っているみたいですね。もしこれがただの魔光水晶であるなら、破壊はそこまで難しくないはずです。魔光水晶は衝撃に弱いものですから。……流石にそのくらいは貴方も知っているんじゃありませんか？」

ダリウスは返事をしなかった。その沈黙は肯定を意味してる。

「研究の価値は十分あると思います。ただの魔光水晶だったものが、どうしてこんなふうになったのか……いち魔法使いとしては、答えが気になりますね」

光を発して浮いているクリスタルを、ソフィは見る。

だが、ダリウスはしばらく考え込んだ後、鼻で笑った。

「所詮《しょせん》は素人《しろうと》の見解だ」

それはその通りだ。

何年もこのダンジョンを研究していた学者に比べれば、ソフィの知識なんて浅いに決まっている。

しかもソフィの本当の身分は宮廷魔導師ではなく引っ越し屋だ。

それでも、このクリスタルの価値は説明できたはずだが……ダリウスは聞く耳を持たなかった。

「ダリウスさん！　お願いです！　どうか、もう少し時間をください！」

シャロンは地面に両手をつけて、頭を下げた。

保護派の総意は分からない。だが、少なくともシャロンがクリスタルの研究を続けたいのは、両親の遺志を継ぐという個人的な想《おも》いが理由だ。

だから、頭を下げるのが礼儀だと思ったのかもしれない。

「私が解明してみせますから！　どうか、どうか……っ‼」

涙を零《こぼ》しながらシャロンは言う。

しかし、ダリウスはそんなシャロンを冷めた目で見下した。

「親が親なら、子も子だな」

ダリウスの唇から零れ落ちた、小さな呟き。

それを聞いたシャロンは、半ば放心した様子で顔を上げた。

「……どういう意味ですか？」

「聞きたいか。なら、教えてやる」

ダリウスは一瞬だけ苦虫《にがむし》を噛《か》み潰したような表情を浮かべた。

口に出すことを躊躇《ちゅうちょ》している顔だった。しかしダリウスは、シャロンの呆《ほう》けた面持ちを見て、苛《いら》立《だ》ちを感じたのか……やがて大きく口を開く。

「お前の父親も母親も、クリスタルの研究に取り憑《つ》かれた！　――シャロン!!　当時赤子だったお前を捨てるほどだッ!!」

ダリウスの怒声に、シャロンは目を見開く。

「な、何を言ってるんですか？　私は別に、捨てられたわけでは……」

「捨てられたんだ！　生まれた直後のお前を、ジンに押しつける形でな！」

シャロンが眉《まゆ》を顰《ひそ》める。

「生まれた、直後……？　わ、私がジンさんに預けられたのは、両親が死んだ三歳の時からだと聞いていますが……」

「違う！」

ダリウスは、はっきり否定した。

「お前は最初から、ジンが一人で育てた子供だ！　お前の両親は、ろくにお前を抱くこともなく研究に没頭した！　──お前の両親は、お前を愛してなんかいなかった！」

シャロンの顔から、感情が抜け落ちた。

ダリウスはそんなシャロンを見て、内なる苛立ちに翻弄《ほんろう》されるかのように髪を掻《か》き毟《むし》る。

「……………嘘です」

掠《かす》れた声で、シャロンは言った。

「そんなの……嘘です……よね……？」

縋《すが》るようなシャロンの目を見て、ダリウスは視線を逸《そ》らした。

対立している男ですら、同情を禁じ得ない生い立ち……。

これ以上、何も言わないのはダリウスが絞り出した優しさかもしれない。しかし皮肉にも、その優しさこそが、今の話は真実であると告げていた。

「……行くぞ」

ばつが悪くなったのか、ダリウスは冒険者たちと一緒に最深部を去った。しかし装備を幾つかここに置いて行ったため、地上に帰還したわけではないだろう。頃合いを見て戻ってくるはずだ。

ソフィたちは、蹲《うずくま》って沈黙するシャロンを見る。

しばらく呆然《ぼうぜん》としていたシャロンは、やがて静かに唇を震わせた。

「ソフィさんは、三歳の頃の出来事って覚えていますか……？」

「……ほとんど覚えてないですね」

「そうですよね……」

分かりきった答えを聞いて、シャロンは頼りなく笑う。

「だから、別に不自然だと思わなかったんです。……両親と一緒にいた記憶がないことが」

シャロンも薄々勘づいていたのかもしれない。

自分が捨てられたということを……。

不慮の事故によってやむを得ずジンに預けられたのではなく、仕事を優先して育児放棄された結果ジンに拾われた。この二つには天と地ほどの差がある。きっとダリウス以外にもこの事実を知っている者はいたはずだ。なのに、シャロンが今の今までその事実に辿《たど》り着《つ》けなかったのは……ある意味、人に恵まれた証拠と言えるだろう。

「私は………」

シャロンは、ポロポロと涙を零した。

「私は…………愛されて、なかったんですね………………」

◆

一頼《ひとしき》り涙を流したシャロンは「休憩します」とだけ言って、テントの中に入った。

しばらく経《た》ってからこっそり様子を見に行くと、泣き疲れたのか、シャロンは涙の痕を拭《ぬぐ》うこともなく眠っていた。身体を丸めて静かに眠るシャロンは、まるで小さな子供のように見えた。

「ソフィ」

フランシェスカが声をかけてくる。

「どうしますの？」

「……分かりません」

シャロンが眠るテントを一瞥し、ソフィは答えた。

「思えば、シャロンさんは両親の愛情を信じた上で、クリスタルの研究を続けたいという意志を持っていました。しかし、その両親に捨てられたと判明した今……これまでと同じように、研究に意欲を燃やすのは難しいかもしれません」

そうなると、当然——引っ越しも中止となる。

シャロンはクリスタルの研究を続けたいという気持ち以前に、暗球回廊《あんきゅうかいろう》というダンジョンを気に入っているから引っ越したいと言っていたが、両親が暗球回廊の研究を優先して自分を捨てたのだと知った今、果たしてまだこのダンジョンを好きでいられるだろうか？

「俺も多分、捨て子だと思うんだけど……後から知らされるのは、ちょっとしんどいな」

アルは悲しそうな面持ちで呟《つぶや》いた。

アルもまた、生みの親に捨てられ、仙龍《せんりゅう》に育てられたという特殊な生い立ちを持つ。しかし幸か不幸か、アルは物心つく頃から親に捨てられたという事実を受け入れて生きてきた。今思えばそれは、人間ではなく神獣に育てられたことで自然と向き合えるようになったのだろう。人の社会ではなく人外魔境と呼ばれる桜仙郷《おうせんきょう》で育ったアルは、親に愛されている人間を目にする機会がなかったので、自分の境遇に疑問を抱くこともなかったのだ。

しかし――シャロンはずっと信じていた。

自分も、他の人たちと同じように、両親に愛されていたのだと信じていた。

両親は自分を愛していたけれど、不慮の事故で死んでしまった。――それが自分の境遇であることを前提に、シャロンは学者として今の地位を築いたに違いない。

一頻り泣き終えたシャロンが、テントに向かった時の顔をソフィは思い出す。

まるで、心にポッカリと穴が空いたような……積み上げてきた土台が不意に霞《かすみ》となって消えたかのような顔だった。暗闇の底に落ちた彼女に、ソフィは何も声をかけられなかった。

「取り敢えず、今日は俺たちも何もしない方がいいんじゃねーか？」

本心からシャロンの気持ちを案じている様子で、アルは言った。

「アル、貴方《あなた》……気配りができるようになったんですわね」

「あのな、俺だって魔法以外もちゃんと勉強してるんだぜ？」

フランシェスカの場を和ませるための冗談交じりの発言に、アルは呆《あき》れつつも乗った。

「うちの村にも、小さな学園みたいな施設があってさ。言葉使いとか教えてもらってるんだ」

アルがそう告げた途端――ソフィの頭に閃《ひらめ》きが走った。

「アル。今、何と言いましたか？」

「え？　学園みたいなところで、言葉使いとかを勉強してるって話だけど……」

アルは不思議そうに答える。

その台詞《せりふ》の中に、ソフィがずっと気になっていた疑問の答えがあった。

「――――学園」

そうか、学園だ。

暗球回廊の部屋を攻略する度に感じていた、謎のデジャヴ。

その正体は、学園だ。

ソフィは今まで攻略してきた部屋を思い出した。計算の間、体力の間、知識の間……勉強して運動して、まるで学園の授業じゃないか。

奇妙なダンジョンだと思っていたが、ここにきて確信する。

暗球回廊には、人の手が加えられている。

でないと、ただのダンジョンがこんな学園みたいな、人を育てるための施設になるはずがない。

それに、人の手が加えられていると考えれば色んな辻褄《つじつま》が合う。

たとえば、シャロンが暗球回廊を好んでいる最大の理由は、端々から感じられる優しさだと言っていた。まるで人間の温もりのような気がするとのことだが、本当に人間の温もりだとしたら？

誰が、このダンジョンを作った？

どうしてこんな、人間を育てるためのダンジョンを生み出した？

暗球回廊は、誰を育てるために――――。

「……」

「ソフィ？　どうしたんですの？」

首を傾《かし》げるフランシェスカの隣で、ソフィは杖《つえ》を取り出し、覚悟を決める。

「情景魔法を使います」

フランシェスカが目を丸くした。

「情景魔法で、シャロンさんのご両親の真意を調べます」

「……以前、貴女《あなた》が使ったという、あの規格外の魔法ですわね。ですが、あれを使うためには痕跡《こんせき》が必要のはずですわ」

情景魔法は、ザックの妻ミーリが残した魔導書に記されていた、記憶を呼び起こして可視化する魔法だ。あの魔導書は後日、フランシェスカを通して宮廷魔導師たちにも共有したが、結局、情景魔法を習得できたのはソフィだけだった。

それほど複雑な魔法で、しかも発動には条件がある。

記憶の痕跡が必要なのだ。

これでも条件は緩和できた方だった。元々は土地の記憶を蘇《よみがえ》らせるこの魔法だが、ソフィが現代の技術と組み合わせた結果、土地に限らず過去の痕跡を対象にすれば発動可能にアレンジした。

その痕跡がないじゃないかと、フランシェスカは言うが——。

「痕跡ならあるじゃないですか。そこに、でっかいのが」

ソフィは、宙に浮く青いクリスタルを見た。

シャロンの両親は、このクリスタルを研究していたという話だ。それなら確実に、このクリスタルの記憶を辿れば、シャロンの両親の過去も確認できる。

ソフィはシャロンが眠るテントに入った。

「シャロンさん！」

大きな声で呼びかけると、シャロンは跳び上がるように起きる。

「な、なんですか？」

「外に来てください！」

返事を聞くよりも早く、ソフィはテントから出てクリスタルの前に立った。

「今から、貴女のご両親の気持ちを確かめます！」

テントから出てきたシャロンに向かって、ソフィは叫ぶ。

シャロンはこれから何が行われるのか分かっていない様子だったが、ソフィは説明する前に杖を構えた。ここから先は語るよりも見せた方が早い。

「私の予想が正しければ――貴女は、愛されていたはずです！」

練り上げた魔力を、たっぷり杖に込める。

――情景魔法。

ソフィの魔法が発動すると……クリスタルの周りに、二つの人影が映し出された。

◆

「やった！　やったぞ、サーシャ！　ここが最深部だ！」

「ええ！　やったわね、ロッソ！　私たちが一番乗りよ！」

ある日、一組の男女が暗球回廊の最深部に辿り着いた。

額を曝《さら》した緑色の髪の男と、毛量が多い黒髪の女だ。二人は満身創痍《まんしんそうい》といった様子で、衣服はボロボロ、肌も傷だらけ、全身は汗に塗《まみ》れていた。

この二人がシャロンの両親なのだろう。

顔立ちや髪、雰囲気など、似通った点が多い。

「なんだ、このクリスタルは？　宙に浮いているが……」

「さっぱり分からないわね。……最深部に来て、また新しい研究対象が見つかるなんて。ここはなんて素晴らしいダンジョンなのかしら」

「致死性のトラップが多い以外は確かに魅力的なダンジョンだ。……早速、実験してみよう。サーシャ、器具の用意を頼めるかい？　僕はこのクリスタルをスケッチしておく」

男はロッソと呼ばれ、女はサーシャと呼ばれていた。

二人がその後、目の前の水晶を分析したところで――暗転する。

場面が切り替わった。

「サーシャ……予想通りだ。このクリスタル、ダンジョンと相互作用の関係にある」

「ええ。ただの魔光水晶ではないことが明らかになったわね」

再びロッソとサーシャの姿が現れたが、その服装は前回のものとは異なっていた。二人とも上等な外套《がいとう》を着ており、傷が少ない。前回からしばらく経った後なのだろう。二人は出世して、上質な装備を身に着けられるようになったようだ。

「このまま、クリスタルの研究を続けたいところだけど……」

「学会の依頼もこなさなくちゃね。出張先は、ルネ大森林のダンジョンだったかしら？」

「ああ。あそこは疫病が蔓延《まんえん》しているから気をつけないとな」

「そうね。一緒に頑張りましょう」

暗転する。

次に現れたのは、ロッソと、灰髪の男だった。

サーシャの姿は見当たらない。それに、心なしかロッソが窶《やつ》れているように見える。

「ここが暗球回廊の最深部か……何度も死ぬかと思ったぞ」

「すまないね、ジン。無理を言ってついてきてもらって」

灰髪の男にどこか見覚えがあると思っていたが、どうやら若かりし日のジンだったらしい。若いと言っても、既に四十歳手前には見えるが……。

「サーシャも来たかっただろうな」

クリスタルを見つめながら、ロッソが呟く。

「身重の人間が来ていい場所ではないさ。……とはいっても、私はサーシャなら来てもおかしくないと思ったけどな。なにせお前たち二人は、生粋の研究マニアだ」

「馬鹿言っちゃいけないよ」

ロッソが笑う。

「今の僕たちは、学者である以前に親さ」

この会話で、状況はなんとなく察することができた。

どうやらサーシャは妊娠しているらしい。だから今回はサーシャが来ておらず、代わりにジンがロッソに同行した。

ロッソとジンは気の置けない仲に見えた。

暴走気味なロッソとサーシャに対し、ジンはさしずめお目付役のような立場だったのではないだろうか。しかしジンも、その立場にどこか居心地のよさを感じているように見える。

その時、ロッソが激しく咳《せ》き込んだ。

最初はただ咽《むせ》ただけだと思った。しかし、ロッソの口から鮮血が吐き出されたのを見て、ジンは目を剝《む》く。

「ロッソ!?」

「……以前、出張した際に病をもらってね。感染源は現地の植物で、人から人には移らないから安心してくれ。……医者によると、保《も》って三年とのことだ」

話を聞いたジンは顔面蒼白《そうはく》となって、蹲《うずくま》るロッソを見つめた。

「……サーシャも、感染しているのか？」

「ああ。……幸い、お腹の中にいる子供には影響がない」

何が幸いなものか。

ジンは掌《てのひら》で顔を覆い、天を仰いだ。学問に精通する彼らは、神に祈ったところで何も変わらないことを理解している。それでも祈らざるを得ないほど、事は深刻だった。

「ジン。君に、頼みたいことがあるんだ」

血反吐《ちへど》で顔を汚しながら、ロッソが言った。

暗転する。

次に現れたのは、ロッソとサーシャ、ジンの三人だった。

ロッソとサーシャはまじまじとクリスタルを観察していた。その一歩後ろで、ジンは顔を顰《しか》めて二人の背中を見つめている。

「サーシャ、君の推測が的中したな。このクリスタルを使えば暗球回廊《あんきゅうかいろう》を操作できるぞ」

「ええ……これなら、計画を実行できそうね」

ロッソとサーシャは顔を見合わせ、笑った。

だが二人とも顔色が悪い。肌は白く、頬は痩《や》せこけ、髪は艶《つや》を失っていた。本来なら病床に臥《ふ》しているべき人間であることが一目で分かる。

「ジン。予定通り、僕たちはここに骨を埋《うず》める。だから……」

「……だから、私にシャロンを任せると言うのか」

胸中の激情を辛《かろ》うじて堪《こら》えながら、ジンはロッソを睨《にら》んだ。

「生まれたばかりの子供を他人に任せる気か？　……あの子はまだ親の温もりを求めている。お前たちは、一度も我が子を抱かずに死ぬつもりなのか？」

「いいえ、一度は抱いたわ。生まれた直後、あの子は私の手の中で泣いていた」

「その一度だけだ！　学者である以前に親だと言うなら、少しでも子供の傍《そば》に――ッ」

激昂《げきこう》するジンの目の前でサーシャが吐血する。ジンは狼狽《ろうばい》して言葉を失った。

ジンは正しいことを言っているのだろう。だが、ロッソとサーシャにはもう、彼の正論を受け止めるほどの力がなかった。

ロッソは慣れた様子でサーシャの背中を擦《さす》った。サーシャもまた慣れた様子で口元を拭《ぬぐ》う。

どうしてそんなに冷静でいられるのか、ジンには理解できないようだった。

「ジン、分かってくれ……僕たちにはもう時間がない」

「私たちだって、本当はシャロンの傍にいてやりたいわ。抱き締めたいし、頭を撫《な》でたいし、ほっぺにキスしてあげたい……」

慈愛に満ちた表情で、サーシャは願いを語る。

「でも……それでシャロンは幸せになるかしら？」

サーシャは、病人とは思えないほど強い意志を秘めた瞳《ひとみ》でジンを見た。

「私たちがいなくなった後、あの子は賢く育ってくれるかしら？　健康に生きてくれるかしら？　皆から愛される人になれるかしら？　お金に困らない大人になれるかしら？　……ねえ、ジン。答えて？　シャロンは幸せになれる？」

「それは……」

ジンは何も答えられなかった。

一緒に生きられるなら、見届けることができるだろう。

けれど彼らには、そんな時間がない。

「僕たちには、シャロンの将来を見届けることができない。……だから、残すんだ」

ジンとサーシャが、掌をクリスタルにあてる。

「私たちがいなくなっても、あの子が健やかに育つように――」

「僕たちが消えた世界でも、シャロンが幸せに生きていけるように――」

激しく地面が揺れた。

いや、地面だけではない。この空間が――暗球回廊というダンジョンそのものが揺れている。

壁が裂けたかと思いきや、天井から大きな柱が降ってきて地面と繋《つな》がった。

ダンジョンが、作り替えられていく。

激しい地響きに、ジンは立っていられず尻餅《しりもち》をついた。その直後、ジンの目の前で壁がせり上がってロッソたちと隔離される。

「ロッソ！　サーシャ！」

「致死性の罠《わな》は全て解除しておく。これで暗球回廊での生存率は上がるはずだ。……代わりにしばらくの間、このダンジョンを僕たちに譲ってくれ。二人で集中したいんだ」

双方の間を土の壁が完全に隔てる直前、ロッソは言った。

「ジン。よければ、シャロンに封印魔法を教えてあげて。このクリスタル、少し劣化しているみたいなの。もしかすると遠い未来で必要になるかもしれないわ」

サーシャの言葉を最後に、壁が塞《ふさ》がる。

地面が動き、ジンの叫び声が遠退《とおの》いた。多分、ロッソたちはダンジョンを操作して、ジンを地上まで送ったのだろう。

残された二人は顔を見合わせ、優しく微笑《ほほえ》んだ。

「サーシャ、準備はいいかい？」

「ええ。いつでも」

ロッソとサーシャは手を繋ぎ、もう片方の手でクリスタルに触れる。

二人で話し合って決めたことだった。

そう遠くないうちに死ぬ自分たちが、シャロン《娘》のために残せるものは何だろうか？

あの子のために、自分たちができることは何だろうか――？

「じゃあ、始めるよ」

決意を灯《とも》したロッソに、サーシャは頷《うなず》く。

「ここを――あの子のためのダンジョンにする」

二人の意志に呼応するかのように、クリスタルが強く輝いた。

ロッソとサーシャが念じれば、ダンジョンの床や壁を自由に動かすことができた。

この力を使って、二人は幾つもの部屋を作る。

「体力のある子供に育ってほしいわ」

ダンジョンに一つの部屋ができた。

ちゃんと身体を鍛えていないと通ることができない部屋だ。健全な精神は健全な肉体に宿る。長く、幸せに生きるためにも、身体は丈夫であってほしい。

「世の中を渡り歩くには、賢さも必要だよ」

ダンジョンに一つの部屋ができた。

色んな知識を身につけなければ通れない部屋だ。たくさん本を読んで、たくさん勉強して、やがてその知識を世の中の役に立てられる人間になってほしい。

「友達も、いっぱい作らなきゃね」

ダンジョンに一つの部屋ができた。

友達と一緒に来た方が簡単になる部屋だ。一人ではできないことも、誰かと一緒ならできるかもしれない。色んな人たちに愛される人間になってほしい。

「働いて、お金をもらってこそ一人前の大人だ」

ダンジョンに一つの部屋ができた。

お金がないと通れない部屋だ。お金が全てというわけではないが、食事や交友に困らない程度には働いて稼いでほしい。

「健康にも気を遣わないと」

ダンジョンに一つの部屋ができた。

健康でないと通れない部屋だ。

「芸術は心を豊かにする」

ダンジョンに一つの部屋ができた。

芸術にも詳しくないと通れない部屋だ。

ロッソとサーシャは幾つもの部屋を作った。

全ては、これからすくすくと成長していく我が子のために――。

二人が死んだ後も、明るい未来に向かって行く娘のために――。

決して簡単なことではなかった。クリスタルでダンジョンを操作できることが発覚しても、その性能を自在に引き出せるようになるまでは長い時間を要した。一年で通路の増築に成功し、二年で部屋の内装を大きく変更できるようになり、いつ死んでもおかしくない三年目でなんとか細かいところまで調整できるようになった。

食料は冒険者に依頼して届けてもらった。すぐに最深部へ到着する隠し道を作れば運搬も容易だった。口止め料に高い報酬を支払ったが、背に腹はかえられない。幸いロッソもサーシャも仕事の虫で金を浪費する暇がなかったため、貯金はたくさんあった。余りそうな金はジンの家にこっそり届けた。シャロンの養育費に使ってほしいという願いを込めて。

食料の調達も含め、本当は何度かジンにも手伝ってほしいことがあった。だが案の定、優しい彼はこの計画に反対したので仕方なく他の者を頼ったのだ。

今頃、シャロンは簡単な言葉くらい喋《しゃべ》れるようになっただろう。

立ち上がって、歩くこともできるようになっているだろう。

一目見たいと毎日のように思った。けれどその度に、二人は唇を噛《か》んでぐっと堪えた。

二人が、残された時間で娘を一番幸せにする方法は、これしかなかった。

だから、この贈り物を完成させることだけに、限りある心血の全てを注いだ。

「長い仕事ね」

乾いた唇を動かして、サーシャは言う。

「長くなんてないさ」

見開くことのできない細い瞳でサーシャを見ながら、ロッソは言う。

「本当は……もっと長くても、よかったんだから」

「……そうね」

本当は、もっと……何十年も続いてほしかった。

ずっと、ずっと、一緒にいたかった。

それが叶《かな》わないからこそ、代わりにシャロンを導いてあげるものを用意する。

たった三年では娘を幸せにできるかどうか分からない。

ロッソとサーシャは、娘にいつまでも幸せでいてほしかった。三歳のシャロンも、十歳のシャロンも、二十歳のシャロンも、三十歳のシャロンも……皆、幸せになってほしかった。

だからここで、一生分の愛を吐き出す。

娘の一生に寄り添えるものを残す。

「ねえ、ロッソ」

掠《かす》れた声でサーシャは訊《き》いた。

「シャロンは、このダンジョンに来てくれるかしら?」

「来るさ、絶対に」

二人は手を繋いだまま、クリスタルの傍で横たわっていた。

もう歩くこともできない。病は全身を侵し、死はすぐ傍まで迫っていた。

それでも二人は、満足気な笑みを浮かべていた。

「だって――僕たちの子供だからね」

◆

情景魔法が終わり、ソフィは杖《つえ》を仕舞った。

汗が止まらない。やはりこの魔法は消耗が激しすぎる。

だが、見たかったものは見られた。

ソフィは背後を一瞥《いちべつ》する。……シャロンは両目から止めどなく涙を流していた。

涙を流しながら、シャロンはいつまでもクリスタルを見ていた。まるでその先に、両親の姿が見えているかのように……。

予感は的中した。

シャロンは以前から、暗球回廊の構造は過去に何度か変化したかもしれないという説について触れていた。クリスタルにその力があるという説についても、学会では既に提唱されていたらしい。

そして、シャロンの両親はクリスタルの研究にのめり込んでいた。

暗球回廊に人の手が加えられていると確信した瞬間、ソフィの中で全ての点が繋がった。……全部、シャロンの両親が仕組んだものなのではないかと予想したのだ。

もしそうなら……シャロンは勘違いしている。

「お父さん……お母さん……っ‼」

シャロンは両手で顔を塞いだ。

幼い頃から、このダンジョンに惹《ひ》かれていた。端々から人の温もりを感じていた。不思議なことに居心地のよさを感じていた。

今思えば、それは当たり前のことだったのだ。

「私は……ずっと…………っ‼」

シャロンは、両親が残した想《おも》いに気づいた。

「ずっと…………愛されていたんですね…………っ‼」

そうだ。

シャロンは愛されていた。

ダリウスも誤解していたのだ。しかし無理はない。傍《はた》から見れば確かにシャロンの両親は、生まれたばかりの赤子を他人に預けて、ダンジョンの最深部に篭《こ》もっていた。

ジンは、シャロンの両親が最期に何を成し遂げたのか、誰にも言わなかったのだろう。もしかすると彼は当時のことをまだ悔いているのかもしれない。だが、それでもサーシャが残した言葉には従ったようだ。封印魔法を教えてあげて――その約束はしっかり果たしてみせたのだから。

「……シャロンさん」

両親の気持ちを噛み締めるシャロンに、ソフィは声をかけた。

「まだ、終わりではありませんよ」

「…………え？」

先程の情景魔法には、嬉《うれ》しい誤算があった。

ロッソとサーシャがクリスタルを操作している姿を見たことで、ソフィはこのクリスタルの性質をより詳しく知ることができたのだ。

「クリスタルを正常な状態に戻しましょう。今の私なら……いえ、今の私たちなら可能です」

呆然《ぼうぜん》とするシャロンに、ソフィは丁寧に説明した。

まず、このクリスタルには元々封印魔法がかけられていた。情景魔法で覗《のぞ》いた過去の映像からそれは確認でき、だからこそサーシャはいつか封印魔法が必要になると予想したのだろう。

元々このクリスタルは許容量を超えるほどの魔力を蓄えており、封印魔法をかけなければ常に魔力が溢《あふ》れてしまう代物だったのだ。今までは封印魔法で強引に抑えていたが、劣化したことで魔法が解け、溢れ出てしまった魔力が魔力生命体となって猛威を振るっていた。魔力生命体が出現した原因は、クリスタルの異常というより、かけられていた封印魔法の劣化だ。

となれば、クリスタルを正常な状態に戻すのは簡単である。

もう一度、封印魔法をかけて、溢れ出す魔力に蓋《ふた》をしてやればいい。

「ただし、先にダンジョン中に散らばってしまったクリスタルの魔力を回収する必要があります」

「クリスタルの魔力と言いますと……」

ソフィは頷く。

「魔力生命体です」

溢れ出し、散らばってしまった魔力をクリスタルに戻し、そして最後に蓋をする。これでクリスタルは完全に元の状態に戻るはずだ。

「シャロンさん。ダンジョンで魔物が自動発生するメカニズムはご存知ですよね？」

「は、はい。ダンジョン内に充満している魔力が魔物を生み出し、その魔物が倒されても、魔物を構成していた魔力は再びダンジョンに還《かえ》り、また新しい魔物を生み出します。ダンジョンと魔物は循環の関係にあります」

ソフィは首を縦に振った。

ダンジョンを専門に扱う学者が、この質問に答えられないはずがない。

「どうやらクリスタルと魔力生命体も同じように循環しているようです。魔力生命体を倒せば、その構成物である魔力がクリスタルへ還ります。つまり、全ての魔力生命体を倒し、その魔力をクリスタルに還してから封印魔法で蓋をすれば……」

「……クリスタルは、正常に戻る」

その通り。

「ですが、あれを倒すのは至難の業で……いえ、ソフィさんたちなら余裕かもしれませんが……」

「単純な勝ち負けなら余裕ですが、一度に全てを倒すのは私たちだけでは難しいです」

暗球回廊《あんきゅうかいろう》に出没した全ての魔力生命体を同時に倒さなければ、クリスタルは修復できない。ソフィたちなら一体ずつ倒すことは可能だが、循環の速度に追い付けず、全て倒す前にまた魔力生命体が復活する恐れがある。

「ですから、皆さんに助けてもらいましょう」

「皆さん……？」

首を傾《かし》げるシャロンに、ソフィは力強く頷《うなず》いた。

「このダンジョンにいる、全ての人です」

◆

フランシェスカ、アルとも作戦を共有した後、ソフィたちは早速行動を始めた。

「通信魔法の準備ができましたわ！」

「では、クリスタルに手を触れてください。それで魔力をダンジョン全域に通せるはずです」

ソフィの指示に従って、フランシェスカがクリスタルに触れる。

情景魔法でロッソたちの行動を観察してよかった。彼らのようにダンジョンを操作することはできないが、クリスタルの使い方が多少分かってきた。

「暗球回廊の全域に魔力を通せましたわ。――発動しますわよ！」

フランシェスカが通信魔法を発動する。

自身の声を、魔力を通した先に届ける魔法だ。

「シャロンさん」

「はいっ‼」

ソフィがシャロンを呼ぶと、大きな声で返事があった。

シャロンがフランシェスカの前に立ち、口を開く。

「皆さん！　私です！　シャロンです！」

ビリビリと大気が揺れた。

これが作戦の第一段階だ。フランシェスカが通信魔法を発動し、それをクリスタルの力で暗球回廊の全域に繋《つな》げ、シャロンが皆に呼びかける。

今、暗球回廊の全ての領域に、シャロンの声が届いているはずだ。

「今から、最深部にあるクリスタルの修復作業に取りかかります！　しかしそれには皆さんの協力が不可欠です！　どうか、落ち着いて聞いてください！」

皆に呼びかける役割は、ソフィでも、フランシェスカでも、アルでも駄目だった。

シャロンでなければならなかった。

幼い頃から幾度となく暗球回廊を探索してきた彼女だからこそ、その声は人々に届くのだ。あらゆる冒険者がシャロンのことを知っている。皆が、彼女の明るさと聡明《そうめい》さと必死さと真面目《まじめ》さを知っている。だからこそ、シャロンの声ならば誰もが信じる。

「これから、皆さんには魔力生命体と戦ってもらいます！」

シャロンの声が響き渡る。

「皆で、各地の魔力生命体を倒してください！　――そのための力は用意します！」

シャロンは己の役目を全《まっと》うしてくれた。

ここからはソフィの仕事だ。

「さあ――大団円といきましょう」

クリスタルに触れながら、ソフィは魔法を発動する。

いくら顔の広いシャロンといえど、何の予告もせずにいきなり魔力生命体と戦えと伝えたところで、誰も従うはずはない。そんなのはただの自殺行為だ。

だから、ソフィが与えるのだ。

戦いに必要な強さを――。

「――強化魔法ッ‼」

それはかつて、王都の広場にて、勇者と戦っていた近衛騎士団たちを強くした魔法だった。

対象は装備に指定。瞬間、ソフィの膨大な魔力が一気に吸い上げられることと引き換えに、暗球回廊にいる全ての人間たちの装備が大幅に強化された。

今なら、なまくらの剣ですら岩を切り裂くことができるはずだ。矢はどんな魔物も貫通し、杖を振るえばいつもの何十倍もの威力の魔法が出る。

「皆さん！　その力を使って戦ってください！」

シャロンが強く呼びかける。

作戦の第二段階が終わった。――ダンジョン内にいる全ての人間に戦う力を与え、一斉に魔力生命体を駆除してもらう。

果たして、シャロンの声は届いたのか。

あとはもう、信じるしかないが……。

「……あ」

シャロンが小さく声を零《こぼ》す。

どこからか……いや、四方八方、全ての方向から音が聞こえる。

地面を駆ける足音。

甲高い剣撃。

鋭い号令。

激しい雄叫び。

――戦っている音だ。

シャロンの言葉を信じ、剣を握った者たちの声が聞こえる。

届いている――。

シャロンの言葉は、このダンジョンにいる全ての人間に届いている――っ!!

「アル！」

もはや大声を出さなければ会話すらままならないほどの喧騒《けんそう》だった。

ソフィは待機していた赤髪の少年に声をかける。

「貴方《あなた》には、とびきり強力な魔法をかけておきました！　その力で、戦えなくなった人たちを救助してあげてください！」

「任せろ！」

アルが勢いよく扉から外に出る。

その時、すれ違うように外から人が入ってきた。

「おい！」

ダリウスが慌ててソフィたちのもとへやって来る。

「なんだ、今の声は⁉　お前たち、一体何をやってるんだっ⁉」

「――ダリウスさん！」

混乱するダリウスに、シャロンが大きな声をかけた。

「ご安心ください！　クリスタルは、私たちが直しますから――っ‼」

ダリウスの目的は、停滞した研究の再開。クリスタルを破壊することではない。

それなら、クリスタルさえ元に戻せば、シャロンとダリウスが反目することはない。

「これでまた、昔みたいに、皆で一緒に研究できますよ！」

ダリウスが目を見開いた。

シャロンは十年以上前から暗球回廊に潜っていたらしい。だから、魔力生命体が出現したことによるダンジョンや学者たちの変化を体感しているはずだ。

幼い頃からジンの背中を見てきたシャロンは、魔力生命体の出現が学者たちの間に大きな亀裂を走らせたことに気づいていただろう。成長したシャロンが学者となった頃には、既に同僚たちは二つの勢力に分断され、親の敵のように睨《にら》み合っていたに違いない。

シャロンは頭の片隅でずっとそれを気にしていたのかもしれない。

魔力生命体がいなくなれば、保護派と破壊派は再び手を取り合えるようになる。

ダンジョンにいる冒険者たちが、次々と魔力生命体を狩ってくれた。倒された魔力生命体は魔力となってクリスタルに還ってくる。

万全だった頃のクリスタルの輝きは、情景魔法で確認している。あの時の輝きに戻るまで、あと少し、もう少し……あと、ほんの少し輝けば……！

「――シャロンさん！」

クリスタルの輝きが満ち足りた。

全ての魔力生命体が倒され、溢れ出ていた魔力が還ってきた。

作戦の最終段階。あとは、シャロンが封印魔法をクリスタルにかけるだけだ。

ソフィの合図を聞いて、シャロンは杖《つえ》を構える。

杖を握るシャロンの姿が光り輝いているように見えた。

クリスタルから放たれる輝きが、シャロンに纏《まと》わりついているかのようだ。まるで、両親に抱擁されている子供のように……。

ロッソとサーシャは、この光景を見ているだろうか？

二人の思惑通り……シャロンは、立派な人間に成長していた。

「封印魔法――ッ‼」

◆

クリスタルは無事、正常な状態へ戻すことができた。

これでもう魔力生命体が出現する恐れはない。停滞していた研究も、先へ進められるようになったはずだ。

「シャロンさん」

「……ソフィさん」

疲労困憊《こんぱい》といった様子のシャロンに、ソフィは声をかける。

「お疲れ様でした」

「……ありがとうございます」

流石《さすが》のシャロンも、今ばかりは元気を失っているようだった。それでも筆舌に尽くしがたいほどの達成感はあるのか、とても満足気な笑みを浮かべる。

「シャロン！」

石の扉が開き、灰髪の男が入ってきた。

「ジンさん……」

ジンは焦燥した顔つきでシャロンのもとまで駆け寄った。

「無事なのか？　突然、シャロンの声が聞こえてきて、何をするのかと思ったが……」

「見ての通り、大丈夫です。……ちょっと疲れましたけど」

「……そうか」

シャロンの無事を知り、ジンは胸を撫《な》で下《お》ろした。

最深部まで大急ぎで来たに違いない。ジンは全身から汗を流しており、髪は乱れ、服には数え切れない傷をつけていた。情景魔法に映っていた頃のような、現役の身体ではないだろう。それでも娘を心配して、老体に鞭《むち》を打ってでも駆けつけたようだ。

「ジンさん。私、このダンジョンに込められているものを知りました」

ジンが目を見開く。

シャロンは知った。このダンジョンに込められていた、両親の愛情に。

「ど、どうやって……」

「ソフィさんの魔法です」

ジンが信じられないものを見るような目で、ソフィを見る。

ソフィは小さく頭を下げた。

「ジンさん……ありがとうございます。私の両親を、最後まで心配してくれて。……私を家族として受け入れてくれて」

シャロンに感謝されたジンは、泣きそうな顔になったが、涙はぐっと堪《こら》えた。

「……何度も、真実を伝えようと思ったんだ」

過去を悔いるかのように、ジンは目を伏せる。

「でも、ロッソたちの思い通り、シャロンは自然と暗球回廊《あんきゅうかいろう》に入り浸るようになった。誰かに導かれなくても、君と君の両親は、まるで今も共に生きる家族かのように関わり合っていた。……だから私は、余計な口を挟まないようにしたんだ。折角、全てが上手《うま》く回っている。私は遠くで傍観に徹するべきだと思って――」

「――そんなこと言わないでください！」

シャロンは涙を零しながら、大きな声で言った。

「私にとっては、ジンさんも家族です！　だから、余計なんて言わないでください！　傍観なんて言わないでください！」

娘の叫びを聞いて、ジンは圧倒されていた。

ジンの気持ちも痛いくらい分かる。制止を振り切って娘のもとを去ったロッソとサーシャ。複雑に感じながらも二人の愛娘を引き取ったジン。だが、預かった娘のシャロンは、幼いながらも暗球回廊に入り浸るようになった。まるで、本物の両親に手を引かれるかのように。

何もしないのが正解だと思ったのだろう。出しゃばるべきではない、所詮《しょせん》、自分は偽物の親なのだから――そう感じていたに違いない。

そんなジンの複雑な思いも、たった今、シャロンが溶かしてみせた。

ジンは涙を流す。……それほど傷だらけになってでも、シャロンのことを想《おも》ってここまで駆けつけてきたのだ。シャロンは、ジンにとっても愛娘なのだ。

「……全て、ロッソとサーシャが企てたことだったのか」

話を聞いていたダリウスが、小さな声で言う。

ジンはすぐに涙を拭《ぬぐ》い、頭を下げた。

「すまない。全ては、二人を止められなかった私に責任が――」

「――予想はしていた」

ダリウスは溜息《ためいき》を吐《つ》いた。

「当時、暗球回廊には致死性のトラップが多く、九割近くが未開拓の領域だった。二人はその未開拓の領域のみを改造することで、暗球回廊が最初からこうだったと騙《だま》したかったのだろう。……だが一部の熱心な学者は気づく。私もその一人だ」

眉間《みけん》の皺《しわ》を揉《も》みほぐしながら、ダリウスは話す。

「奇妙な部屋が大量に現れたことに、最初は驚いた。だが、致死性のトラップが全て消えていると気づいた時、これが人の手によるものだと確信した。あの頃、最深部に到達していたのはロッソとサーシャ、そしてジンの三人のみ。……お前たちの仕業に決まっているだろう」

ダリウスはジンを睨む。

「では、何故《なぜ》……私を責めなかったんだ?」

「費用が浮いたからだ」

さも当然であるかのように、ダリウスは告げる。

「当時の暗球回廊は命が幾つあっても足りないダンジョンだった。それに比べたら今の暗球回廊は低予算で研究できる。クリスタルでダンジョンを改造できるという情報を秘匿した罪は重いが、どのみち今は魔力生命体の騒動でそれどころではなかった」

情報の秘匿についてはダリウスも人のことを言えないと思うが……ダリウスからすれば、最初に秘匿したのはジンだったわけだ。

「だが、これが娘のためとは思っていなかった。……その点だけは、謝罪しよう」

ダリウスがシャロンを見て、頭を下げる。

シャロンは、まさか謝罪されるとは思わなかったのか、目をぱちくりとさせた。

「とはいえ、魔力生命体の出現は、ロッソとサーシャに二人《あの》とっても想定外だっただろう。浮いた予算が再び食《く》い潰《つぶ》されたのだ。だから私はクリスタルの破壊を推進した。それだけだ」

淡々と述べるダリウス。彼の中では筋を通していたらしい。

「シャロン＝エーガス」

ダリウスに名を呼ばれ、シャロンは肩を跳ね上げる。

「たとえどのような事情があっても、お前の両親がダンジョンを私物化したのは事実だ。その責任はお前に負ってもらう」

緊張するシャロンに、ダリウスは告げる。

「働いて、貢献しろ」

短くそう告げた後、ダリウスは唇を引き結んだ。

「それだけ、ですか……？」

「過ぎたことを責めても非合理的だ。……馬車馬の如くこき使ってやるから覚悟しておけ」

「は、はいっ‼」

シャロンは素早く頭を下げた。

そういえば以前、ジンがダリウスという男をこう評価していたことを思い出した。

彼は、徹底的な合理主義者であると。

良くも悪くも感情で動く人間ではないのだろう。恨みを晴らすことよりも、生産性を重視するその姿勢は、ある意味とても真っ直《ま》ぐ《す》で、信用に値すると感じた。

ダリウスは口を閉ざす。一通りの大事な話は終わったらしい。

「では、シャロンさん。そろそろ始めましょうか」

「え……？」

首を傾《かし》げるシャロンに、ソフィは言う。

「引っ越し、するんですよね？」

今日、シャロンが暗球回廊の最深部に来た理由は、クリスタルを修復するためでも、両親の謎を追うためでもない。

引っ越しをするためだ。

「はい、お願いしますっ‼」

シャロンは元気いっぱいに返事をした。

冒険者たちは、魔力生命体と一緒に魔物まで殲滅《せんめつ》してくれたらしく、今の暗球回廊はかつてないほど安全な状態と言っても過言ではなかった。

◆

この機を逃すわけにはいかない――。

というわけで、ソフィは大急ぎで地上から必要なものを運んできた。

「ふっふっふ……！　これで引っ越し完了です！」

汗を拭ったソフィは、清々しい笑みを浮かべた。

建築魔法で簡単な土の家を建て、その中に家具一式を詰め込んだ。いかにも急造の住処《すみか》といった感じだが、建物の中を見れば家具がきちんと置かれていて存外悪くない。

「凄《すご》いですね……あれからたった半日しか経《た》っていませんのに」

「シャロンさんの荷物が驚くほど少なかったので、ここまで短縮できました」

体力の間が出てきたら即解散の予定だったたが、今回も現れなかったので助かった。

シャロンの荷物は幾つかの書類と、一組の机と椅子、本棚、寝袋のみだった。元々ダンジョンに入り浸っているシャロンにとって、私生活に必要なものはそう多くないのだろう。今までも、ほぼダンジョンと職場を往復するような日々を過ごしてきたらしい。

ちなみにジンも似たような生活をしているようだった。この二人……義理の家族と言うには、あまりにも似た者親子である。

「あとはまあ、皆さんが手伝ってくれたおかげですね」

乗りかかった船ということで、フランシェスカとアルが手伝ってくれた。更にダリウスとジンも荷物の開梱《かいこん》などを手伝ってくれた。

「でも、いいんですか？　この家、一ヶ月くらいしか保《も》ちませんけど……」

「大丈夫です！　そうなったらテントで暮らしますから！」

テントと寝袋さえあったら、あとは何も要らないというのはシャロンの言である。

最終的には家というよりキャンプみたいになりそうだが、本人がそれで問題ないと言っているなら、まあ別にいいだろう。

「引っ越し屋」

ダリウスがソフィに声をかけた。

「なんでしょう？」

「また後日で構わんから、追加で机を三つここまで運んでくれ。今のままでは会議に不便だ」

辺りをざっと見渡しながらダリウスは言う。

「あの、ダリウスさん？　ここは私の家で……」

「少しくらい研究の拠点に使わせてくれてもいいだろう。それに、ダンジョンは国民の土地だ。お前が独り占めしていいものではない」

「く……っ‼　それは、そうですが……っ‼」

確かダンジョンは、誰もが自由に拠点を作ってもいいように法整備されていたはずだ。家を建てるのも店を開くのも自由。ただし一定以上の規模になるなら国に許可を貰《もら》う必要がある。

一見キャンプに見えなくもないこの住居は、ダンジョン内で暮らすことを考えると理に適《かな》っているのかもしれない。この規模ならではの機転の利きやすさがあった。

火や水道の問題は残っているが、シャロンは「クリスタルを研究すれば両親と同じことができるようになるはずです！」と主張した。インフラの整備は、研究が進みダンジョンを改造できるようになってからまた考えることにしたらしい。

家具の追加を伝えにきたダリウスは、再びクリスタルの観察に戻った。

クリスタルの前では、ジンとダリウスが肩を並べて議論している。二人の姿を見て、シャロンは文句を言う気が失せたのか、代わりに深い溜息を吐いた。

この光景も、シャロンが見たかったものの一つだろう。

（しかし……結局、何だったのでしょうか、これは）

ソフィもクリスタルに近づいて観察した。

魔力生命体は消滅したが、あれが何だったのかは結局明らかになっていない。こんなダンジョンの最深部に、このような巨大な水晶があることも疑問だ。

「……おや？」

クリスタルを観察するソフィの口から疑問の声が漏れる。

「どうした、引っ越し屋」

「いえ。ここにちょっと、変な魔力の蟠《わだかま》りがあって……」

封印が甘かったのだろうか。魔力が滞留している箇所があるので、適当に直すことにする。

杖《つえ》の先端をクリスタルにあてて、ソフィは魔力を流した。

その瞬間——クリスタルが白く光る。

「む？」

「これは……⁉」

クリスタルが新たな反応を見せたことで、ダリウスとジンは目を見開いて興奮した。

光が全身を包むと同時に、ソフィたちは身体が軽くなったような感覚に陥る。

この浮遊感——まさか。

「皆さん、離れてッ‼」

ソフィは慌てて杖から爆風を放ち、ダリウスとジンを吹き飛ばした。

強引だが仕方ない。すぐに自分も避難しようとするが——駄目だ、間に合わない。

これは、転移魔法だ。

対象を指定した位置へ強制的に移動させるトラップ。どういうわけか、それがクリスタルに仕掛けられていた。

「——ソフィ！」

いち早く状況を察したフランシェスカが、こちらに手を伸ばしていた。

その手を掴《つか》もうとして、無意識に手を伸ばしたところで——視界が真っ白に染まる。

『ごめんね。水晶、壊しちゃって』

ふと、そんな声が聞こえた。

瞬時に練り上げた魔力を全身に纏《まと》う。簡単な防御魔法だが、ないよりはマシだろう。火口や深海に転移したら流石《さすが》に死ぬが、そうでないことを祈るしかない。

真っ白な光と浮遊感が少しずつ弱くなる。

瞼《まぶた》を開いたソフィが、その目で見たものは――――。

「…………はい？」

鼻先を横切る雲。

ひび割れた石の地面。

細長い水路と、その両脇に咲き誇る色取り取りの花。

そして、古めかしくも威容を誇る巨大な城。

城の背後には、抜けるような青空が広がっていた。

「……はい？」

ソフィは、空に浮かぶ城に立っていた。

二章　不思議な少女のお引っ越し

取り敢えず今すぐに身の危険が訪れるわけではなさそうなので、ソフィは防御魔法を解除した。前後左右ざっと見渡すが、やはりこの城は空に浮いているらしい。少し恐ろしいが端の方まで行って景色を確認すると、眼下には青々とした海がどこまでも続いていた。

陸地は見えない。となれば大陸の方からもこの城は視認できないだろう。当たり前だ。空に浮かぶ城なんてものが発見された暁には、しがない引っ越し屋であるソフィの耳にもその噂くらいは届くだろう。この城は、まだ発見されていないに違いない。

（そういえば昔、絵本でこんな話を読んだことありますね……）

空に浮かぶ城に迷い込んでしまった子供の話だ。幼い頃、楽しんで読んだ記憶がある。

その本では、空に浮かぶ城のことを天空城と呼んでいた。折角なので使わせてもらおう。今からこの地の名前は天空城とする。

「…………ふむ」

ここはどこか。天空城とは何か。そういう疑問よりも真っ先に考えるべきは、ここからどうやったら帰れるのかである。

（人の気配は、今のところありませんね……）

城の中に入ってみるが、やはり人の姿は見えない。

階段を上ると、踊り場の窓から外が一望できた。

まるで捨てられた城のようだ。草木は無秩序に生い茂り、幾度となく雨に打たれた土の地面は凹凸がはっきりしている。ここが、人の手から解き放たれた廃墟《はいきょ》であることは明白だ。

石柱が色んなところに立っていた。その先端には、翼の生えた怪物の石像が鎮座している。

（ガーゴイルがたくさん配置されていますが、動いているのは一体もいませんね。何らかの条件を満たして動くタイプでしょうか……？）

ガーゴイルという魔物は、普段は石像だが特定の条件を満たすと動き出して対象を攻撃する。よくあるのは近づくと動き出すタイプだが、敢えて動かす理由はないので近づくのはやめておこう。

ガーゴイル以外の魔物は見えない。

ソフィは空を仰ぎ見た。

薄《うっす》らと、透明な壁のようなものが見える。

（……城を包むように結界が張られている。空気が薄くないのはそのおかげですね）

人が活動できる環境が、魔法によって意図的に構築されているようだ。

となれば、本来ならこの天空城には住民がいたのだろうか？

しかし、住民がいたにしては……。

（……家がありませんね）

城はあっても周辺に家はない。

肝心の城も、ざっと散策してみたが、生活するための空間はあまりないように感じた。城の中はほとんどもぬけの殻で、大雑把に区画が分けられているだけの景色が続いている。

誰かが住んでいた痕跡《こんせき》はない。

使い古されて廃墟になったというよりは、誰にも使われることなく放棄された城のようだ。

階段を上がる。城の最上階に到着した。ここも石の床がひび割れている。王族が住むような城にしては、絨毯《じゅうたん》は敷かれていないし、豪奢《ごうしゃ》な置物や飾りも見当たらない。

外観は城のようだが……中身は別物なのだろうか？

「この部屋は……」

割れた壁の隙間から、部屋の中が見えた。その光景が独特だったので、気になったソフィは部屋の中に入ってみる。

その部屋は、これまでに見てきた部屋の三倍近くの広さだった。壁も他の部屋と異なる丈夫な材質でできており、分厚くて白一色に染められている。それでも劣化は免れることができなかったようで、亀裂の向こうには無秩序に張り巡らされた配管が見えた。

だがこの部屋の最大の特徴は、中心に置かれた謎のオブジェクトだ。

（…………玉座？）

のように見えなくもない大きな椅子だった。

この部屋に他の家具は一切見当たらなかった。棚も、テーブルも、何もない。椅子が特徴的と言うより、椅子以外は何もない部屋というのが特徴だった。

不思議な雰囲気だ……。ここは何をするための空間なのだろうか。

これが玉座で、ここが謁見用の部屋だとしたら、逆にもっと広さが欲しいところだが……。

「えっ」

その時、小さな声が聞こえた気がした。

反射的に振り向く。そこにいたのは――――。

(……女の子？)

思わず首を傾《かし》げてしまったのは、少女の見た目に違和感があったからだ。

十歳くらいの少女だった。透き通るような銀色の髪は真《ま》っ直《す》ぐ垂れ下がっており、床に触れるほど長い。服は白い貫頭衣を着ているが、相当使い古しているのか所々に穴が空いていたり、黄ばんでいたりした。靴は履いていないので裸足。肌は血管が透けて見えそうなくらい白く、身体は骨が浮いて見えるほど細い。触れるだけで手折れてしまいそうな、儚《はかな》げな印象を受けた。

だが、何より目を引くのは――。

少女の頭から生えた、一本の角だった。

「……ひとだ」

少女はソフィを見て呟《つぶや》く。

首を傾げるソフィに、少女は目をキラキラ輝かせて駆け寄った。

「ひとだぁ――――っ‼」

「ぐえっ」

少女の角が、ソフィの鳩尾《みぞおち》を突いた。

◆

腹の痛みが引いてきたところで、ソフィは改めて少女と向き合った。

少女は、自らの角がソフィを苦しめたことに気づいていないのか、ずっと首を傾げている。

「えっと、お名前は何と言うんですか？」

ソフィが話しかけると、少女はぱあっと明るく笑った。

「ユーリ！」

それだけ告げて、少女は唇を閉じる。

「ご両親は？」

「……ん？」

「……ん？」

今のどこに訊《き》き返される要素があったのだろう？

違和感を覚えつつも、言い方を変えてみる。

「貴女《あなた》の面倒を見てくれるような人は、ここにいますか？」

「…………あ！　おとうさんとおかあさんのこと⁉」

なんだろう、この受け答えは？

まるで——両親という言葉を知らなかったかのような反応だが。

「そうです」

ソフィが肯定すると、ユーリはしゅんとした。

「………いない」

伏し目がちにユーリは答える。

見た目は十歳くらいだが、精神年齢はもっと幼く感じる。まだ世間を知らなくて、色んなものに興味津々な五歳くらいの子供と喋《しゃべ》っているような気分だ。

そういえば先程、この少女はソフィを見て「人だ！」と言っていた。

もしかすると、質問の順番を間違えたかもしれない。

「この城に、貴女以外の人はいますか？」

「ううん、いないよ」

ユーリは首を横に振る。

やはりそうか。どうやらこの天空城には、ソフィとユーリの二人以外誰もいないようだ。

「今までも、ずっとそうだったんですか？」

「うん。さいしょからだよ」

最初……それはいつのことを指しているのだろうか。

「ユーリさん。貴女は今、何歳ですか？」

「んー………わかんない！」

満面の笑みを浮かべて、ユーリは言った。

天空城についてはまだ分からない点が多々あるが、少なくとも今までのやり取りで、このユーリという少女についてはある程度理解できた。

どうやら、ユーリはこの天空城で、長い間たった一人で生きてきたようだ。

肉体年齢は十歳くらいなのだろう。しかし精神年齢が幼いのは、誰からも教育を施されていないからだ。親や友人どころか、他人が存在しないこの城で育ってきたのだから無理はない。地上と隔離しているこの城では、誰にも助けを求めることすらできないだろう。いや、そもそも自分が助けを呼ぶべき境遇であることすら認識できていないのかもしれない。

ユーリの床に触れるほど長い髪は、落ち葉や砂を巻き込んで汚れていた。髪を切るという発想がないのか、発想はあっても切り方が分からないのか。

ソフィはアルという赤髪の少年を思い出した。アルもまた特殊な環境で育ってきた少年だが、彼には仙龍《せんりゅう》という親代わりの存在がいた。しかしユーリにはそれすらいない。

（……逆に、どうしてここまで喋れるんでしょう？）

ユーリは言葉をどこで覚えたのだろうか？

ソフィはユーリをまじまじと見つめる。するとユーリは、にっこりと純真に笑った。

「ねえ、あなたは？」

そういえば、こちらはまだ名乗ってすらいなかった。

「私はソフィです。引っ越し屋をしています」

「ひっこしや?」

ほほぉ、そこから語らなきゃ駄目か……。

よろしい。——ソフィは気合を入れる。

「引っ越し屋とは、この世で一番誇り高いお仕事です」

「そうなの!?」

ちょっと言いすぎたかもしれない。コホンと咳払《せきばら》いし、今度は真面目《まじめ》に説明した。

「人には、自分の居場所を変えなくちゃいけない時があります。その時、手伝ってあげるのが引っ越し屋の仕事です。その人が次の居場所に持っていきたいものを、代わりに運んであげるんです」

ユーリは、きょとんとした顔でソフィを見た。

「もっていきたいものって、たとえば?」

「色々ありますよ。家具とか、飾りとか……思い出とか、縁とか」

引っ越し屋が運ぶのは、ただの荷物ではない。そこにはお客さんの思い入れが詰まっている。

こういう仕事をしていると、偶《たま》に買い換えた方がよさそうなほど古びた物を運ぶことがある。当然そんなことは持ち主であるお客さんが一番理解している。しかし、それでも買い換えずに次の居場所まで運びたがるのは、そこにお客さんにしか分からない愛着が込められているからなのだ。

ソフィはそれを大切にしていた。

大事なのは見せかけではない。内側に込められた、人の感情だ。

「引っ越しは、出会いと別れを紡ぐ仕事です。何を残し、何を捨て……何と出会い、何と別れるのか。一人一人に違いがあって、その全てに寄り添わなくてはいけません」

ソフィは今までの仕事を振り返りながら言った。

勇者、仙龍、図書館、学者……それ以前にも色んな仕事を経験した。心躍るような出会いも、涙なしには語れない別れもこの目で見てきた。

引っ越し屋とは、この世で一番誇り高い仕事――とは限らない。

だが、少なくともソフィにとってはそうだった。

話を聞いたユーリは、円《つぶ》らな瞳《ひとみ》を輝かせる。

「わたし！　ひっこししたい！」

ユーリはソフィの手を握った。

「ついてきて！」

「あ、ちょっと……！」

手を引かれるままに、ソフィはユーリにどこかへ連れていかれる。

廊下をしばらく歩いた後、ユーリが方向転換して部屋に入った。備え付けられていたはずの扉は蝶番《ちょうつがい》が劣化して外れたのか、邪魔にならないよう部屋の隅に立てかけられている。

「ソフィ！　これ、見て！」

ユーリは、部屋の中心を指さして言った。

「これは……」

そこには、巨大な球体があった。

球体の表面にはこの世界の地図が映し出されていた。更にその地図の特定の箇所は、赤い点で強調されている。……赤い点で示されているのは、各大陸の主要国家だ。

「これをね、こうするの！」

ユーリは球体の正面にある、薄いパネルのようなものを操作した。

球体に映し出されていた幾つもの赤い点。そのうちの一つが拡大され――現地の景色が見えるようになった。

「………なんと」

とんでもない技術だ。

通行人が立ち読みしている新聞の日付は、今日のものだった。……情景魔法のように過去の記録を映しているわけではない。この都市の現在の映像が、リアルタイムで表示されている。

映像だけではない。ここに映る人たちの声も聞こえてきた。

（というかこれ……王都ですね）

映し出されているのは、ソフィの店もある王都の景色だ。

こうして間接的に王都の景色を見ていると、余計に距離を感じてしまう。この天空城は地図上のどこにあるのだろうか？　映し出される王都の中に、自分はいない……。

「ソフィ！　わたし、ここにいきたい！」

ユーリが映し出された王都の景色を指さして言った。

「ここに、ひっこしたいの！」

「……それは、この街に行きたいということですか？」

「うん！　おうと、っていうんでしょ？　ここにいるひとたちがそういってた！」

なるほど。ユーリはこの球体の映像を見ることで、言葉を習得したようだ。

しかし、見様見真似《みようみまね》だけで言葉を習得するのは決して簡単ではないだろう。この少女は一体、どれだけの時間を、この部屋で過ごしていたのか……。

「……ずっと、この部屋で、この映像を見ていたのですか？」

「うん！」

ユーリは、何の後ろめたさも感じさせない様子で首を縦に振る。

傍《はた》から見れば、どれだけ凄惨《せいさん》な境遇であるかも自覚せずに……。

「ずっと、みてた！　いいな〜〜〜って、おもって！」

純真無垢《むく》なユーリを見て、ソフィの中で優先順位が決まった。

この城は何なのか。この城はどこにあるのか。ユーリは何故《なぜ》一人でここにいるのか。どうして暗《あん》球《きゆう》回廊《かいろう》のクリスタルに天空城へと繋《つな》がる転移魔法が仕掛けられていたのか。

それらの疑問は気になるが——まずは、ユーリを優先しよう。

彼女が王都への引っ越しを望んでいるならば、それを叶《かな》えるのが引っ越し屋《ソフィ》の務めだ。

「いいでしょう。引き受けます」

「やった〜〜〜‼」

可愛《かわい》いなぁ……。

両手を広げて歓喜するユーリを見て、ほっこりした。妹がいたらこんな感じなのだろうか。

「では、引っ越しの方法を考えてきます。少しここで待っていてもらってもいいですか？」

「えっ？」

ユーリは目を見開いた。

どうしたのだろう？　と思うと、ユーリは目を伏せながらこちらに近づいてきて、その小さな手でソフィの服をきゅっと掴《つか》む。

「……どこに、いくの？」

不安そうなユーリを見て、ソフィは「しまった」と過ちに気づいた。

ユーリはずっとこの城で一人きりだったのだ。やっとのことで会えたソフィが、また消えてしまうことを恐れているのだろう。

「どこにも行きません。少し辺りを見て回ってくるだけですよ」

「ほんと？」

ユーリの不安は、言葉だけでは拭《ぬぐ》えなそうだった。

ならばと思い、ソフィは杖《つえ》を振るう。

足元の魔法陣から、宝箱に二本の腕をつけた魔物が現れる。

「え⁉　なにこれ⁉　なにこれ〜〜〜っ⁉」

「ミミックです。私の使い魔……まあ、友達みたいなものですね」

取り敢えず五体くらい出しておく。

ソフィの使い魔であるミミックたちは、引っ越しの手伝いをさせるために度々人前で呼んでいることもあり、人に慣れていた。ユーリと見つめ合ったミミックたちは、両手を上げて踊り始める。

「私が戻ってくるまで、この子たちと一緒に遊んでいてくれますか？」

「うん！」

◆

部屋から出たソフィは、廊下の窓から外を見た。

まさか空に浮かぶ城で引っ越しの依頼をされるとは思わなかったが、どのみちソフィも王都まで帰る必要があるため丁度いい。予定通り、帰り方を調べることにする。

(取り敢えず、普通に飛んでみますか……)

飛行魔法を発動し、ソフィは廊下の窓からそのまま外に出た。

ふわりと風になびく髪を片手で押さえながら、天空城から離れてみる。

飛行魔法を使いながら、ユーリを浮遊魔法で運べばいい。そうすれば二人で移動できる。しかし問題は王都までの距離だ。そもそもこの城が世界中のどの位置に該当するのかサッパリ分からないため、下手《へた》したら全く異なる大陸にいるという可能性すらある。その場合は魔法だけでの移動は不可能だろう。陸に降りて、その土地の交通手段を頼るしかないが……果たして路銀が足りるかどうか。

（……おや）

天空城から離れると、こちらに近づいてくる複数の影に気づいた。

ガーゴイルだ。先程見た時は石柱の上に鎮座しているだけだったが、今は動き出して明らかにこちらに向かって飛んでいる。

動き出した条件は何だろうか？　刺激しないよう、少し遠回りしていたつもりだが、ガーゴイルの索敵範囲が予想以上に広かったか？　……いや、ここまで範囲が広いと、城に入った時点で襲われているはずである。

（……ここから出ようとしたら、襲ってきた？）

ガーゴイルが振り下ろした石の斧《おの》を避《よ》けながら、ソフィは強烈な風を放つ。

吹き飛んだガーゴイルが、背後にいる別の個体と衝突して二体とも砕け散った。効率のいい迎撃にやんわりと達成感を覚えていると、砕けたはずのガーゴイルの身体がみるみる再生していく。

（このガーゴイル……再生する？）

ただでさえガーゴイルは頑丈で厄介な魔物だ。そこに加えて再生能力まであるとなれば、戦闘はかなり長引いてしまう。

（仕方ない。ゴリ押しして――っ!?）

強力な魔法で一掃しようと思ったその時、悍《おぞ》ましい重圧を感じた。

練り上げていた魔力が霧散する。外部から強制的に魔力を掻《か》き乱された。まるで腸《はらわた》に手を突っ込まれて弄《もてあそ》ばれているかのような、魔法使いにとってはこの上なく不愉快な感覚に襲われる。

（妨害魔法……どこから……ッ⁉）

こちらの練り上げた魔力に反応して、自動的に魔法の発動を妨害してくる仕掛けが天空城のどこかにあるのだろう。魔法の発動を中止すると、妨害も終わった。飛行魔法は継続しているが、こちらには妨害の仕掛けが作用していない。巨大な魔力にだけ反応するようだ。

ガーゴイルを一掃できる魔法は幾つかあるが、この妨害をどうにかしなければ発動できない。

動きを止めたソフィに、ガーゴイルたちは好機と判断したのか、急接近してくる。

（戦わなくても、外に出ることさえできれば……っ）

飛行魔法が使えるなら、このままガーゴイルに追いつかれないよう外まで逃げればいいだけのこと。そう思い、ソフィは最大速度で天空城から離れるが――。

「――うっ⁉」

天空城を覆う結界に衝突し、弾《はじ》かれた。

（この結界……物理的な障壁にもなっていたんですね）

気圧の調整など環境を維持するための平和な結界だと思っていたが、この瞬間、人の出入りを禁じる冷酷な檻《おり》だと発覚する。

ガーゴイルに追いつかれる前に、急いで分析魔法で結界の構造を確認する。

結界の強度はかなりのものだった。高威力の魔法なら破れそうだが、そのような魔法を使おうとすれば必ず妨害される。

「これは……マズいですね」

頬を伝う汗が、垂れ落ちて空に散った。

結界、ガーゴイル、妨害魔法。三つの障害はソフィの脱出を完全に阻止していた。まるで計算され尽くしたかのような無駄のない障害に、ソフィは深く吐息を零《こぼ》す。

（…………今は無理ですね）

本番では、ユーリを運びながらこの三つに対処しなくてはならないのだ。

今の自分にはできない……ソフィは城の方に戻った。

◆

ソフィが城に戻る途中、ガーゴイルたちは追跡をやめ、石柱の先端に戻った。動かぬ石像になったガーゴイルたちを見てソフィは確信する。やはりあの魔物たちは、ソフィが天空城から脱出しようとしたから襲いかかってきたのだ。

どういうわけか、この城は人の出入りを禁じているらしい。脱出の対策が取られていることは確認できたが、外からこの城に入ろうとしても結界の壁に阻まれるだろう。先程、渡り鳥の群れがこの結界にぶつかって列を乱していた。とはいえ雲や風は通り過ぎているため、生物だけを通さない仕組みの結界と見ていいだろう。

こうなると、転移魔法で天空城へやって来たのは正攻法とすら感じる。しかし暗球回廊と天空城の繋がりは今のところ全く見えない。

いずれにせよ、やはりこの城は、見た目通りのただの城ではないようだ。

「ソフィ！　おかえり！」

例の球体がある部屋に向かうと、ユーリがパタパタと足音を立てて駆け寄ってくる。

ユーリと一緒に五体のミミックたちも近寄ってきた。わらわらと集まってくるミミックを見てユーリは嬉《うれ》しそうにはしゃぐ。すっかり仲良くなったらしい。

「ユーリさん、お待たせしました」

そう言うと、足元のミミックを屈《かが》んで撫《な》でていたユーリが、膝《ひざ》を伸ばしてソフィを見る。

「ソフィ。わたしのこと、ユーリでいいよ？」

言われてみれば、年下にここまで丁寧にさん付けするのも妙な話か。

「分かりました、ユーリ」

「うん！」

無意識に敬称を使ってしまった理由は、きっとユーリが時折、高貴な雰囲気を醸し出しているからだろう。服も髪もボロボロなのに、その佇《たたず》まいから偶《たま》に品位を感じるのだ。

不思議な少女だ。改めてそう思う。

「ユーリ。引っ越しについてですが、少し残念なお知らせがあります」

微かに顔を強張らせたユーリに、ソフィは言う。

「思ったよりも、難しそうです。時間がかかるかもしれません」

「…………そっか」

あからさまに落ち込むユーリ。

今は引っ越しどころか、ソフィが単身でこの天空城から抜け出すことすら困難である。しばらくはこの天空城で共に過ごすことになるだろう。

その時、ユーリの腹がくぅと鳴った。

「ソフィ！　ごはん、たべよ！」

そう言ってユーリはソフィの手を引き、どこかへ向かう。

そういえばこの少女は、どうやって食事を済ませてきたのだろう。

その疑問は、案内された先にある一本の木を見て解消された。

「木の実……」

城の庭園にあたる部分だろうか。日当たりのいい位置に幾つもの植物が生い茂っており、ユーリが向かったのはその中に生えた背の高い樹木の下だった。

「おいしいよ！」

地面に落ちた木の実は、殻の一部が割れており簡単に中の実を食べることができた。ユーリは殻の部分を指先でつまみ、内側の果肉に齧《かじ》りつく。

見たことのない木の実だが、ユーリの真似をして恐る恐る食べてみると意外と美味《おい》しかった。甘味と酸味が程よく混ざり合っていて食べやすい果実だ。食感も悪くない。

ふと、辺りに視線をやると、殻だけになった木の実のゴミが散乱していた。

ずっと、これだけを食べてきたのか……。

「……ユーリは、いつからこの城にいるんですか？」

「わかんない。でも、ずっとずっとむかし！」

「ずっと昔……？」

気がついたらここにいた——ではなく、ずっと昔であるとユーリは答えた。

つまり、城に来る前のことを覚えているのか？

「この城に来る前は、どこにいたのか覚えてますか？」

「ううん……わかんない」

ユーリは首を横に振る。

「わかんないけど、おとうさんがいた」

遠い記憶を慎重に手繰り寄せるように、ユーリは小さな声で言った。

「じまんのむすめだって、いってた」

そう告げるユーリは、微かにはにかんでいた。

「お父さんに会いたいですか？」

「………うん」

愚問だったかもしれないな、とソフィは内心で思う。

今回の引っ越しを成功させなくてはならない理由が一つ増えた。

「そこから先は覚えていませんか？」

「うーん……やっぱり、わかんない。おきたら、いすにすわってたから」

「椅子？　もしかして、私たちが最初に会ったあの部屋の椅子ですか？」

「うん」

城に来るまでの記憶は朧気《おぼろげ》で、目が覚めたらあの椅子に座っていた……ということだろうか。

椅子から起き上がった後は、こうして城の中で過ごしていると。……子供の記憶なのでどこまで信じていいのか分からないが、それにしても奇妙な経験である。

木の実を食べたソフィは立ち上がり、杖《つえ》を手に取った。

「ご馳走《ちそう》になったお礼に、色々整えましょうか」

「いろいろ……？」

首を傾《かし》げるユーリの前で、ソフィはきょろきょろと辺りを見た。

「えーっと……あ、いましたね。荷物を出してもらっていいですか？」

探していたのは一匹のミミックだった。

手招きに応じたミミックが、ソフィの前で箱の蓋《ふた》を開ける。

中から、テーブルやタンスといった家具が出てきた。

「こんなこともあろうかと、家具を持ってきています」

「おおお……っ‼」

勿論《もちろん》こんな状況、全く予想してなかったが……。

暗球回廊《あんきゅうかいろう》でシャロンの引っ越しを手伝う際、幾つか家具を預かっていたのだ。シャロンは最低限の荷物だけで引っ越すつもりだったが、ジンやダリウスが他にもこんな家具があった方がいいと思いついて色んなものをソフィに預けた。

　他人から預かった家具だが、今の天空城の環境は劣悪すぎるので使わせてもらおう。幸い預かった家具はいずれも学会の備品ばかりで、誰かの思い入れが込められていないことは確認済みだ。

「長い間、ここで過ごすことになりそうですからね。どうせなら居心地をよくしましょう。タンスやベッドは城の中に置くとして……ここにはテーブルと椅子を置いて、食事ができるスペースにしましょうか」

　浮遊魔法で家具を設置していく。

「ついでに、掃除もしておきます」

　辺りのゴミを浮遊魔法で一箇所に集め、火炎魔法で一息に燃やした。

　あっという間に、落ち着いたテラスが完成する。

　その光景を見て、ユーリは目をまん丸にして驚いた。

「いまの……まほう？」

「ええ。私は魔法使いの引っ越し屋ですから」

　王都の景色を見ていたなら、魔法というものも多少は理解しているだろう。

「こういうこともできますよ」

　ソフィは造形魔法で辺り一面に花を咲かせた。

　手入れがされていない寂れた庭園が、まるで在りし日の姿を取り戻したかのような光景だった。

　青空の下で咲き誇る花々を見て、ユーリは目を輝かせる。

「わたしも、まほう、つかいたい！」

薄々そう言われる気がしていたソフィは、優しく微笑《ほほえ》んだ。

幸い、予備の杖もある。

「いいですよ。教えましょう」

「やった～～～!!」

ユーリは勢いよくソフィに抱きついた。

可愛《かわい》い……。

自分にもこんな頃があったかなと思い出す。……思い出した過去の自分はだいぶ斜に構えていて可愛くないように感じた。

恐らく、今回の仕事はかなり時間がかかる。

下手《へた》すると、一年以上……。

気の長い仕事になりそうだが、この少女と一緒なら気持ちも和らぐだろう。

「……頑張りますか」

ユーリに聞こえないよう小さな声量で呟《つぶや》いたソフィは、長い仕事に臨む覚悟を決めた。

◆

ソフィが天空城に来て一週間が過ぎた。

城の廊下を歩くソフィは、床の亀裂に躓《つまず》かないよう時折視線を下げる。四日前、転倒してユーリに大笑いされた時の記憶は深々と脳に刻まれていた。

(妨害魔法の出所……見つかりませんね)

大規模な魔法を使おうとすると、妨害魔法が自動的に実行される仕掛けがこの城のどこかにあるはずだった。しかし一週間、城内を歩き回っても手掛かり一つ見つからない。

溜息《ためいき》を零《こぼ》したソフィは、球体のある部屋に向かった。

ユーリはいつもこの部屋にいる。

今頃は浮上魔法の練習をしているだろう。アルも最初に覚えた魔法だ。既に物を浮かせることには成功しているが、まだ完璧《かんぺき》にコントロールしているとは言いがたいのでもう少し練習を続けさせていた。出力、精度ともに問題なければ次のステップに進ませる予定である。

「ユーリ。ただ今、戻りまし――」

「――ソフィ！　見て、これ！」

部屋に入ったソフィに気づいたユーリは、明るい笑顔で杖を振った。

「ふゆうまほうっ‼」

壁に立てかけていた扉の残骸《ざんがい》が、宙に浮いた。

それだけでなく、ユーリが杖を振ると、その動きに合わせて空中で舞い踊るように動く。

「…………………はっ⁉」

浮上魔法は物体を上に持ち上げることしかできない。

つまりユーリが発動したそれは、ソフィが教えていた浮上魔法ではない。

「え……あれ……？　教えたのは浮上魔法でしたよね？　どうして浮遊魔法を……？」

「えっとね、ソフィのまほうを見てたら、なんとなくできそうだったから！」

浮遊魔法は浮上魔法の上位互換となる魔法だが、その習得難度は大きく跳ね上がる。とても見様《みよう》見真似《みまね》で覚えられる魔法ではない。

というか、そもそも魔法を勉強し始めて一週間で覚えられるものではない。

（私より、早い……）

これでも色んなところで天才と呼ばれていたソフィだが、ユーリの学習能力はそんなソフィを凌《りよう》駕《が》していた。

「ソフィ！　次のまほうを教えて！」

「え、ええ……分かりました」

傷ついたプライドを秘めながら、ソフィは引き攣った笑みを浮かべる。

「……ユーリ、言葉使いが上達しましたね」

「ほんと？」

ソフィが頷《うなず》くと、ユーリは嬉《うれ》しそうに笑った。

「多分、ソフィとはなしてるからだと思う」

舌足らずだった口調は多少流暢《りゅうちょう》になり、ほんの少しだが語彙《ごい》も増えてきた気がする。

教育を受けていなかっただけで頭脳は悪くないのだろう。ユーリは少しずつ、肉体の年齢に相応《ふさわ》しい思慮深さを手に入れていた。

見た目も、出会ったばかりの頃と比べて少し変わっている。

といっても、こちらはソフィが手入れしてあげただけだが。……床を擦るほど長かった髪はふくらはぎの辺りで折り返すことで解決し、汚れていた服は洗浄してあげた。本当は髪を切った方がよさそうだが、その道のプロではないため遠慮した。

ソフィは部屋の中心に鎮座する不思議な球体を見る。

今は、見知らぬ国の光景が映し出されていた。

「今日は他の国を見ていたんですね」

球体に映し出せる国の種類は幾つもある。

この日は雪国の景色を見ていたようだ。天空城の気温は少し高い。涼しい気分に浸りたかったのだろうか。しかし厚着した大の男たちが汗水垂らして除雪している姿はかえって暑苦しかった。

「引っ越し先は、最初に見ていた国でいいんですよね？」

「うん！　私がここに来た時、さいしょにあの国がうつってたの！　あの国をいちばん見ていたから、あの国がいちばん好き！」

今映っている雪国は、ソフィが住んでいる国からかなり離れている。この国への引っ越しを依頼されていたら、天空城から出た後も一苦労あったに違いない。

「次は感知魔法を覚えてみましょうか」

「分かった！」

感知魔法は初心者に教えるには難しいものだが、この成長速度なら数段飛ばしでものを教えても問題ないと判断した。

……ここまで成長が早いなら、仕事を手伝ってもらうのもいいかもしれない。

今の課題は、妨害魔法の仕掛けを発見することだ。大雑把に感知魔法を使っても仕掛けは見つからなかったため、今は細かい区域ごとに探しているが、天空城はとても広いので正直人手が欲しいと思っていた。ユーリが感知魔法を習得すれば手伝ってもらえる。

ふと、ソフィはやる気を漲《みなぎ》らせるユーリを見て疑問を抱いた。

「ユーリ、魔力はまだあるんですか？」

「え？　うん、まだたくさんあるよ」

それがどうしたの？　と言わんばかりのユーリだが、ソフィは怪訝《けげん》に思った。

分析魔法でユーリの体内に宿る魔力の量を確認する。

（相変わらず、膨大な魔力ですね……）

一週間前、ユーリに魔法を教えると決めた直後に発覚したが、ユーリが内包する魔力はかなりの量だった。量だけなら既にフランシェスカと同程度である。

それでも、今日のユーリは朝からずっと魔法の練習をしていたのだ。そろそろ魔力が切れてもおかしくないはずだが……。

（……なんか、増えてません？）

むしろユーリの魔力量は増えていた。

体質の一言で片付けていいものではない。

また謎が一つ増えたが、ここまで謎が渋滞していると開き直って何も感じなくなる。とにかく今は着実に、できることをやらねば。

「感知魔法を使うには、まず魔力を薄く伸ばせるようにならなくちゃいけません。今から実践しますので、見て覚えてくださいね」

「うん！」

この子には、見て覚えさせた方が早い。

ソフィが魔力を部屋中に行き渡らせると、ユーリは早速感覚を掴《つか》んだのか、練習を始めた。しばらくは本人の試行錯誤に任せた方がよさそうだと思い、ソフィは椅子に座って落ち着く。

杖を握りながら、体内の魔力を繊細に感じ取った。

「ソフィ、何してるの？」

ユーリがじっとこちらを見つめている。

ソフィが、ただ座っているだけでなく、何かをしていることに気づいたのだろう。

「魔法の調律です」

「調律？」

「やってることは楽器の調律と同じです。魔法も使い続けるうちに変な癖がつきますからね。偶《たま》にこうやって調整して、本来の調子を取り戻す必要があるんですよ」

「へ〜〜、そうなんだ！」

好奇心を満たせたユーリは、楽しそうな表情を浮かべた。

（ここ数年、ずっとサボっていましたから……ちょっと大変ですね）

なにせ調律なんかしなくても、大抵は何とかなったのだ。

もとより、仕事で魔法は使っているが、魔法の腕を競い合う世界では生きていない。引っ越し屋を始めた時から、ソフィは魔法の腕を伸ばす必要性を失っていた。

だから——久々だった。

久しぶりに、魔法を鍛えなくちゃいけない状況に陥った。

（どのみち今回は長丁場になりますし、この際だから片っ端から調律しましょう）

精神統一し、静かに魔法を調律する。

学生の時ぶりだろうか。ソフィは真剣に、魔法というものと向き合った。

◆

「ねえ、ソフィ！　私もソフィの仕事を手伝ってみていい？」

感知魔法を覚えたユーリの提案を、ソフィは受け入れた。

元々、外に出たいと言ったのはユーリだから仕事を手伝いたい気持ちは分かるが、どちらかと言えばソフィと一緒に魔法を使って何かをしたいといった感情で発言しているように見えた。

ユーリは天空城を駆け回りながら、楽しそうに感知魔法を使う。

「ソフィ！　ここに変なものがある！」

二手に分かれて妨害魔法の仕掛けを探していると、遠くからユーリの大声が聞こえた。

ソフィはすぐにユーリのもとへ向かう。最上階、突き当たりから二番目の部屋にて、ユーリは部屋の隅にある床に杖《つえ》を向けていた。

ソフィも感知魔法を使ってみる。……確かに、この部分の床だけ妙な反応があった。

石材の床なので重くて素手では持ち上げられない。ソフィは浮遊魔法で床材を外してみる。すると床下に小さな空間を発見した。

そこに、禍々しい魔法陣を記した羊皮紙が隠されていた。

「ユーリ！　お手柄です！」

「えへへ……！」

すぐに分析魔法を使って確認するが、これが妨害魔法の仕掛けに間違いない。

床下の空間自体にも紫色のインクで複数の魔法陣が描かれていた。感知魔法への対策のようだ。

予想はしていたが、かなり厳重に隠されている。

「よく見つけられましたね」

「えっとね、感知魔法を複数発動した状態で、ぎゅ～～～っと一箇所に集めたら、細かいことまで分かるようになったの」

些細《ささい》な創意工夫のようにユーリは語るが、それは魔法使いにとっては一つの高等技術だった。

（上達が早すぎる……）

アルが見たら泡を吹いて卒倒しそうだ。

既に学園の卒業生並みの実力を身につけている。

（魔力も、また増えていますね……）

ユーリの魔力量は、初めて会った時の数倍に膨れ上がっていた。

魔力量を向上するトレーニング法は存在するが、ユーリには一切教えていない。ユーリが自力でトレーニング法を導き出したという線も、話している限りはなさそうだ。

ただ生きているだけで、魔力量が増えるなんて……魔法使いからすると、あまりにも都合がよすぎる体質だ。まずは地上へ帰還することを最優先にするつもりだったが、この体質……なんだか嫌な予感がする。慎重に経過を観察しておいた方がいいかもしれない。

「ソフィ！　ちょっと休憩しよ！　私、またお料理が上手になったの！」

ユーリは以前よりも流暢に喋《しゃべ》れるようになっていた。

最近は料理を勉強している。……この天空城に食材は木の実しかないが、ソフィがミミックの中に入れている保存食があった。新しい食べ物を知って興奮したユーリは、そのまま料理にも興味を示し、少しずつ凝ったものも作れるようになっている。

ユーリはソフィの手を引き、例の球体がある部屋へ向かった。

ユーリは今もよくソフィに抱きついたり、手を握ったりする。言葉や心の成長を感じても、それだけは変わらなかった。寝る時も、気がつけばソフィにしがみついているくらいである。

身体の接触が多いのは、それだけ不安があるからだろう。どこにも行かないで――そう暗に告げられているような気がした。

球体がある部屋に入り、ソフィは案内されるままに椅子に座った。

今やこの部屋は天空城のリビングである。ソフィたちはいつもここで食事をしていた。

「……美味《おい》しいですね」

「でしょ！」

焼いた鳥肉に、天空城で手に入る木の実を利用したソースをたっぷりかけた料理だった。肉はソフィが持ってきたものである。ソースの酸味が食欲をそそった。

食事をしながら、ソフィたちは球体が映す国の景色を見る。

「……この城じゃ実感しにくいですが、こうして地上の景色を見ていると、季節の移ろいが伝わってきますね」

「そうだね」

球体に映る人々の服装は薄着になっていた。地上は今、猛暑のようで、通行人たちは滴る汗を服の裾《すそ》で拭《ぬぐ》っている。

映像の中では、がたいのいい男が汗を拭いながら露店で果物を購入していた。

「このおじさんね、息子が冒険者を目指しているんだって。でもおじさんは、自分の店を継いでほしいから困ってるみたい」

「へぇ。確か、鍛冶屋《かじや》でしたよね」

「うん。……あ！　今映ったのがその息子だよ！」

十五歳くらいの少年が、向こうから歩いてきた。

少年は鍛冶屋の店主と顔を合わせ、少し気まずそうに視線を逸《そ》らす。互いが良しとする人生設計に食い違いがあるのだ。無理もない。……それでも帰る家は一緒だ。いつか時間が、二人の気まずさを解消するだろう。

「家族っていいね」

「そうですね」

どこか優しげに呟《つぶや》くユーリに、ソフィは頷いた。

「では、私は仕事に戻りますね」

「え～！　もっとお話ししようよ～！」

「そう言われましても……次はガーゴイルと結界の対策を考えなくちゃいけませんから」

そもそも妨害魔法の対策もまだ完璧《かんぺき》ではない。仕掛けの在処《ありか》を発見したからといって、その仕掛けを解除できるかどうかは別の問題である。

分析したところ、仕掛けの解除自体も一筋縄ではいかないと分かったため、冷静な思考を取り戻すためにもこうして休憩を挟むことにしたのだ。

そんなソフィの考えを知らないユーリは、不機嫌そうに頬を膨らませた。

「むー……どうせまた失敗するよ」

「まあ、その可能性は高そうですが……」

妨害魔法の仕掛けを見つけるにはまだ時間がかかりそうだと思っていたソフィは、並行して他の障害の対策も考えていた。

ガーゴイルは倒し方から封じ方まで色々試した。石柱の上に鎮座している状態なら攻撃も通りやすいのではないか、とか。物理的に拘束したらいいのではないか、とか。ガーゴイルが動き出す条件をこちらで改変できないか、とか。一通り試したが全て難しかった。

結界は、何を通して何を通さないのか丁寧に調査した。やはり予想していた通り、生物は問答無用で弾く機能を備えているらしい。試しにガーゴイルを結界にぶつけてみたが、通過せずにぶつかっていたため、魔物も通れないのだろう。

「そんな不機嫌そうにしないでください。ユーリだって地上に降りたいでしょう?」

「そうだけど、急がなくてもいいっていうか……私、もっとソフィと一緒にいたいもん」

しゅんと拗《す》ねるユーリに、ソフィは苦笑した。

なんだか気難しい年頃の娘を相手にしているような気分だ。

ここ最近、ユーリが地上への引っ越しに消極的になっているように見える。妨害魔法を一緒に探してくれたため、興味がなくなったわけではなさそうだが、ユーリの中で優先順位が下がっているように感じた。

ユーリは魔法の腕だけでなく、精神年齢も凄《すさ》まじい速度で成長している。ソフィに地上への引っ越しを依頼したことは、ユーリにとっては一昔前の話になりつつあるのかもしれない。

「引っ越したい気持ちに変わりはないんですね?」

「うん。でも、ソフィのおかげでここも随分居心地がよくなったから……」

辺りを見てユーリは言う。

テーブル、椅子、ベッド、タンス、敷物。最低限ではあるが一通り家具が揃《そろ》っている今、この城の居心地は格段によくなっていた。古びた建物とはいえ壮麗な城である。必要な道具さえ集まれば快適な暮らしができるのは当然と言えた。

「私ね、ソフィが来た時から毎日が楽しいの！」

ユーリは唐突に立ち上がり、明るい笑顔を浮かべた。

「いっぱいお喋りできるし、いっぱい魔法で遊べるし！　お料理とか、お洒落《しゃれ》とか、そういうのを勉強するのもすっっっっごく楽しい！　私、今とっても幸せなの！」

出会った時と比べてたくさんの言葉を覚えたユーリは、自分の気持ちをよりはっきりと相手に伝えられるようになっていた。

ユーリの感情が、言葉を通してなだれ込んでくる。

ユーリはそのままソフィに近づき、ぎゅっと抱きついた。

「だからソフィ、大丈夫。……そんなに焦んなくてもいいよ」

ユーリの温もりが、肌を通して伝わる。

ソフィはユーリの頭を撫《な》でた。少女の銀色の髪は、艶《つや》を取り戻して美しく輝いている。……この子に髪の洗い方を教えたのは自分だ。ソフィにとっては些細なことでも、ユーリにとっては一つ一つが心底嬉《うれ》しかったのだろう。

劣悪な環境で孤独に過ごしていた当初とは違い、今のユーリには快適に暮らせる環境と、話し相手であるソフィがいる。

地上での暮らしには憧《あこが》れているが――今の日常も大切にしたい。

そんなユーリの気持ちがひしひしと伝わってきた。

「……そうですね。今日はのんびりしましょうか」

「うん！」

ユーリがぱあっと明るく笑う。

その日はユーリのやりたいことに付き添い、穏やかな時間を過ごした。球体の映像で地上の様子を眺めたり、ソフィが新しい魔法をユーリに教えたり……途中でユーリが眠たそうにしていたので二人で昼寝もした。

ソフィがこの城に来て、半年が経過した。

◆

朝。城の一階に作った寝室で目が覚めたユーリは、隣にソフィの姿がないことに気づいた。

ソフィの朝は早い。なんでも、普段から早朝に起きて店の前を掃除する習慣があったらしい。引っ越し屋は清潔感が命だからとソフィは言っていた。とはいえ別に朝に強いわけではなく、起きた直後のソフィはとても眠たそうな顔をしている。

（……もうちょっと一緒に寝てくれてもいいのに）

隣の温もりがいつの間にか消えていることに、ほんの少し寂しさを感じた。

消えた温もりを求めて、ユーリは身体を転がしてソフィが寝ていたベッドに移動する。冷たくて硬い床の上でしか寝ていなかったユーリにとって、ソフィが出してくれたベッドはふかふかで極上の寝心地だった。簡易ベッドだと言っていたが、地上にはこれより上があるのだろうか。

ソフィのベッドに温もりはもう残っていない。ずっと前に起きたのだろう。

ユーリが起き上がると、テーブルの上に切り分けたパンとジャムが置かれていた。ソフィが朝食に用意してくれたみたいだ。

パンを食べて、軽く腹を満たし、ユーリは部屋を出る。

ソフィが来てから、やりたいことがたくさん増えた。

（今日は何をしよっかな〜）

魔法の勉強。料理の練習。他にも身体を動かしたり、お洒落したり……。服装にこだわるなんてここでは無理だと思っていたが、ソフィが城中の布を集めて、魔法で色んな服を作ってくれた。色も染色魔法でつけてくれている。込められた魔力が切れたら効果を失うらしいので、ユーリは毎朝丁寧に全ての服に魔力を注ぎ直していた。

白いワンピースに着替えて、寝室を出る。

魔法の勉強も、お洒落も好きだが……まずは地上の観察だ。

ソフィにとって早起きが日課なら、ユーリにとってはこの地上の観察が日課である。てくてくと廊下を歩き、球体がある部屋へ向かった。

今でもあの球体が何なのかはよく分からないが、あれのおかげでここまで生きてこられたため感謝している。もしあの球体がなければ、ユーリはソフィと出会う前に、あまりの暇に耐えきれず心を壊していたかもしれない。

地上の観察は楽しい。

けれど以前と比べて、地上への憧れは少し薄れていた。

ソフィが来てくれたおかげだ。ソフィと一緒に何かをする度に、地上でしかできないと思っていたことが一つずつ解消していく。

今の暮らしも悪くないかも……そういう気持ちが芽生えつつあった。

球体の部屋に入ろうとしたユーリは、そこでふと足を止める。

(……ソフィ?)

気がついたら隣から消えていたソフィが、球体の前で立ち尽くしていた。じっと、一声も発さず、ソフィは球体の映像を見ていた。ここからではソフィの背中に遮られて映像が見えない。

やがてソフィは球体から離れる。その時の横顔がなんだか悲しそうに見えて、ユーリは反射的に隣の部屋に隠れた。

ソフィがどこかに去ってから、ユーリは球体の部屋に入る。

随分と長い間、ただならぬ様子で映像を見ていたが……。

(……もしかして、恋人とか?)

いたずら心のようなものが湧いて、ユーリはにんまりと笑った。

いつもはサバサバしているように見せかけて、実は恋人に思いを馳《は》せていたのかもしれない。そんな、ソフィの新たな一面を知れるような気がして、ユーリは球体を操作した。

最近はソフィも球体の操作に慣れてきたが、こちらに関しては経験の差でユーリの方がまだ上手だ。ソフィはきっと知らないが、この球体には閲覧履歴を確認する機能もある。

ソフィは、何をそんなに真剣に眺めていたのだろう。

履歴を調べたところ、どうやらソフィは、彼女の店があるという王都の景色を見ていたようだ。

やはり恋人だろうか？　だとしたらどんな人なのだろうか？

好奇心に突き動かされたユーリは、映像を表示する。

画面に映し出されたのは――金髪をぐるぐるに巻いた、ちょっと変わった髪型の少女だった。

『――なんで、見つからないんですのッ⁉』

金髪の少女は、悲痛の表情で叫んだ。

少女は人目も憚《はばか》らずに涙を流していた。その周りには、少女と同じく深刻な表情を浮かべた者たちが集まっている。

『ギルドへの捜索依頼も出したが、もう半年も成果がないとなると……』

『暗球回廊《あんきゅうかいろう》も全ての領域を捜しましたが、手がかり一つありませんでした……』

灰色の髪を整えた男性と、緑色の髪をボサボサにした女性がそれぞれ暗い顔で報告する。

『師匠……一体、どこに行っちまったんだよ……』

赤髪の少年が、己の不甲斐《ふがい》なさに腹を立てるように拳《こぶし》を握り締めた。

『ここまで捜しても見つからないとなると、この国にはいないかもしれないな』

くすんだ銀髪の男が言う。その男は金髪の少女と似たような黒い外套《がいとう》を着ていた。

『ただ遠いというだけではあるまい。あの引っ越し屋なら、たとえ転移の罠《わな》に引っかかっても、大抵の場所なら帰ってこられるはずだ』

小柄の老人が言う。

赤茶色の髪から覗《のぞ》く耳が尖《とが》っていた。確か、ドワーフという種族だったはずだ。

『つまり、相当厄介な場所に跳んでしまったか……』

『或《あ》いは、もう死んで……』

『――そんなはずありませんわっ‼』

金髪の少女が、最悪の可能性を否定する。

『あぁ……ソフィ……ソフィ……っ‼』

少女は両手で顔を押さえながら、地面に膝《ひざ》をついた。

『お願いです……帰ってきてくださいまし……っ‼』

もはや祈るしかない少女に、周りの者たちも沈鬱《ちんうつ》な面持ちをする。

少女は別に、誰かに祈ったわけではないのだろう。

ただ、その祈りは――――ユーリに届いた。

この天空に浮かぶ城に届いた。

「…………………ぁ」

ユーリは、首を横に振りながら後退《あとずさ》った。

それは、全く予期していない光景だった。頭の片隅にすら存在しない、欠片《かけら》も可能性を感じていなかった光景だった。

よろよろと後退する。しかし、視線は映像から逸《そ》らせない。

心も身体も逃げたがっているのに、目だけが逃げられなかった。——巨大な掌《てのひら》に捕まえられたかのようだった。映像の中心にいる金髪の少女が、ユーリの目を掴《つか》んで離さない。

床の凹凸に足を引っかけ、ユーリは音を立てて尻餅《しりもち》をついた。

その衝撃が、心を決壊させた。

「あぁぁ…………あぁぁぁあぁぁあぁぁあ……っ⁉」

ユーリは頭を掻《か》き毟《むし》った。

知らなかった。

気づかなかった。

ソフィは——————ここにいちゃいけない人だった。

ずっとこの城で、一人で生きてきたから分からなかった。

ユーリにとってはこの城が唯一の居場所でも、ソフィにとっては違う。

ソフィは他の土地からこの城に来たのだ。

ソフィには、帰るべき場所があるのだ。

――寂しくならないわけがない。

ユーリの知らないところで、ソフィはいつも王都の街並みを見ていたのだろう。自分が消えたことで友人たちは心配していないか……気になるに決まっている。

ソフィを愛しているのは、ユーリだけではないのだ。

ソフィは、色んな人に好かれているのだ。

「ソフィ……っ」

いてもたってもいられなくなったユーリは、城を駆け回ってソフィの姿を捜した。

ソフィは二階の窓際で外を眺めていた。その目が王都の友人たちを映しているように見えて、ユーリは心臓をきゅっと握《にぎ》り潰《つぶ》されたような気持ちになった。

罪の意識が、涙となって零《こぼ》れ落《お》ちる。

ソフィがこちらを振り向いた。

「ユーリ？　どうしまし――」

「ソフィッ‼」

ユーリはソフィに抱きついた。

「ごめんなさい……っ‼　ごめんなさい、ごめんなさい、ごめんなさい、ごめんなさい、ごめんなさい、ごめんなさい、ごめんなさい、ごめんなさい、ごめんなさい……ッ‼」

ソフィの目を、見ることができない。

ユーリは身体を震わせながら、ひたすら謝罪した。

「ソフィは、早く帰らなくちゃいけないのに……‼　ここにいちゃいけない人なのに……‼　なのに私、自分のことばっかり考えて、急がなくてもいいとか言っちゃって……っ‼」

ごめんなさい、ごめんなさい、ごめんなさい、ごめんなさい、ごめんなさい――――。

独り占めして、ごめんなさい。

皆から奪ってしまって、ごめんなさい。

「……見たんですね」

小さな声でソフィが呟《つぶや》いた。

ユーリは、びくりと肩を震わせる。

「ユーリ、気にしないでください」

ソフィは優しい声色で言った。

「確かに私は帰らなくちゃいけませんが……私がこの城から出られないのは、ユーリのせいではありません。むしろ私はユーリに何度も助けられています」

「助けられて……？」

「妨害魔法の仕掛けを見つけてくれたじゃありませんか。私一人では、もっと時間がかかっていたと思います。……それに、私も一人でここにいたら、寂しくて、辛《つら》かったと思います。だからユーリがいてくれて助かりました。貴女《あなた》がいるから私は頑張れるんです」

あの金髪の少女たちにとっては短い時間かもしれないが、ユーリにとってソフィは誰よりも長い時を共に過ごした人だった。

だから分かる。ソフィは嘘をついていない。

「でも、私……ソフィの気持ちを考えずに……」

「大丈夫ですよ」

ソフィはユーリの頭を撫《な》でる。

「人の気持ちは一つじゃありませんから。……ここでのんびり過ごしたいという気持ちがあるからといって、地上に降りたいという気持ちがなくなったわけではないのでしょう？」

ソフィに頭を撫でられると、心が落ち着いた。

どうしてこんなに温かいのだろう。

どうしてこんなに優しいのだろう。

「お話ししたい人が、たくさんいるんですよね？」

「うん……」

「行きたいところが、たくさんあるんですよね？」

「うん……っ」

ユーリは肯定する。

「お父さんとも、会いたいんですよね？」

「うん……っ‼」

涙を流しながら、ユーリは肯定する。

「大丈夫ですよ。全部分かってます。だからもう泣かないでください」

「ごめんね……っ‼　ごめんね、ソフィ………っ‼」

ソフィがユーリを恨んでいないのは明らかだった。

謝罪の意味はないのだろう。涙を流しても迷惑なだけだろう。

それでも、ユーリは最後にもう一度だけ涙を流して謝罪した。ソフィのための謝罪でないとすれば、それは自分自身のための謝罪だった。

もう二度と、甘えないから……。

今、この瞬間を以《もっ》て、無知ではいないから……。

今、この瞬間を以《もっ》て、子供を卒業するから――。

ユーリはぐしぐしと涙を拭《ぬぐ》い、ソフィを見た。

「ソフィ！　私に、もっと魔法を教えて！」

真っ赤に腫《は》れた目で。けれどその眦《まなじり》には力強い意志を込めて、ユーリは言った。

「私、もっとソフィの力になる！　だから、もっと難しくて、もっと役に立つ魔法を教えて！」

ユーリの決意を目の当たりにしたソフィは微かに驚いたが、やがて首を縦に振った。

「いいでしょう」

ソフィは真剣な表情で、ユーリを見据えた。

「ユーリ。これから貴女には、最高峰の魔法使いになってもらいます」

◆

ユーリの決意を感じたソフィは、自らも決意を固めた。

元々ユーリに魔法を教える際は、あわよくば戦力になってほしいという気持ちがないわけではなかった。しかし心のどこかでは、ユーリに過剰な努力を強いたくないとも思っていた。

なにせこの少女は、長い間ずっと一人で城にいたのだ。そんな彼女に血反吐《ちへど》を吐くような努力を強いるのは、あまりにも惨《むご》い仕打ちではないかと思っていた。

しかし、ユーリの決意に触れたソフィは、その優しさを捨てる決意をした。

まずソフィはユーリに分析魔法を教えた。妨害魔法の仕掛けを探す時などもそうだったが、今まではソフィが指示を出してユーリがその通りに魔法を使う関係だった。しかしこれからは、ユーリには一人でも能動的に魔法を使えるようになってもらう。

分析魔法はその第一歩に相応《ふさわ》しい。この魔法を習得すれば、目の前の課題をより鮮明に理解できる。自分が使うべき魔法も、学ぶべき魔法も、全て一人で判断できるようになるはずだ。

ソフィは今までの温度感とは異なる厳しい指導でユーリに魔法を叩《たた》き込《こ》んだが、ユーリの決意は本物で、文句一つ言わずに食らいついてみせた。

ただでさえ膨大な魔力を有するユーリだが、どうやらその集中力も凄《すさ》まじかったらしい。ユーリには決意を実現するだけの天稟《てんぴん》が備わっていた。

天空城の脱出は困難を極めている。

正直に言えば、ユーリが懸念した通り……ソフィの心は何度か参っていた。

だが、脇目も振らずに魔法を学び続けるユーリの姿を見ていると、これからはもう不安を感じることはないと確信する。

必要なものは全て、そこにあったのだ。

ソフィは、無心になって努力するユーリを見つめながら思った。

そして、更に半年後――。


「ユーリ」

城に来て一年が過ぎた頃。

球体のある部屋にソフィが顔を出すと、ユーリが静かに地上の光景を見ていた。

成長期なのだろう。ユーリはあれから背が伸びて、顔つきも少し大人びた。顔つきの方は身体の成長というより精神の成長が反映されているように感じる。

髪も少し切って、一つに括っていた。切ったといっても、まだ踝《くるぶし》の辺りまである長さだが。この半年間、快適な生活よりも城からの脱出を優先したことで、ユーリの少女らしい可憐《かれん》な容姿は少しずつ機能的な方向へ調整されていた。

振り返ったユーリの瞳《ひとみ》には、理知的な光が灯《とも》っている。

もう子供には見えない。

「準備はいいですか？」

「うん。準備なんて、もうとっくにできてるよ」

その言葉が強がりでないことは、誰よりもソフィが知っている。この半年間、ユーリはどれだけ厳しい訓練にもめげずに立ち向かってきた。

才能は感じていたが、その上で予想以上の結果をユーリは出してみせた。

特に予想外だったのは——ソフィですら習得できない魔法を覚えたことである。

世の中にはこんな魔法もある……雑談交じりにそう言った翌日のことだった。いつも通り鍛錬していたユーリは、休憩がてらソフィに対し「そういえばあの魔法使えるようになったよ」と、さらっと言ってのけたのだ。あの時ばかりは流石《さすが》にソフィも腰を抜かしそうなくらい驚いた。しかもその魔法はとびきり危険なものだったので、驚きは尚《なお》のことだった。

「大人びましたね」

「だって、子供のままだったらソフィに迷惑かけちゃうでしょ？」

言葉のやり取りも、子供を相手にしているとは思えなかった。

成長が早すぎると思ったこともあるが、そうではないのだろう。きっとこれが本来のユーリなのだ。今までは成長する機会がなかっただけで、本来なら彼女は神童と呼ばれてもおかしくない、抜きん出た頭脳と精神の持ち主だったに違いない。

「私は別に、迷惑ではなかったんですけどね」

ソフィは本心を告げた。別に、迷惑に感じたことはない。

それを聞いたユーリは困ったように笑う。

「……そんなこと言うと、また子供に戻っちゃうよ？」

寂しそうに微笑《ほほえ》むユーリを見て、「いいですよ」とは言えなかった。

それは、ユーリの決意を踏《ふ》み躙《にじ》る発言になりかねない。

「では——そろそろ、出ましょうか」

ユーリは首を縦に振り、ソフィと共に球体がある部屋を出た。

そろそろ出ましょうか。——この城から。

下調べは済んだ。必要な魔法は全て習得した。やり残したことはない。体調も万全である。

長い時を過ごした天空城に、今日、別れを告げる。

ソフィたちはまず、ユーリが見つけた妨害魔法の仕掛けがある部屋に向かった。

分析魔法で調べた結果、この妨害魔法には更なるトラップが仕掛けられており、破壊するとそのトラップが起動すると判明した。ならば下手《へた》に壊さず、当分は放置しておこうと考えたのだ。

だが、そのトラップの正体も概ね予想がつき、結界やガーゴイルの対処法も固まった今、もうこの仕掛けを残す理由はない。

城から脱出するための、最初の手順に着手する。

「妨害魔法を壊します」

床下に隠されていた羊皮紙に向かって、ソフィが杖《つえ》を突き出す。

風の刃《やいば》が、羊皮紙を切り裂いた。

妨害魔法が効力を失ったことを感覚で理解する。

「ソフィ！　予想通り、トラップが起動したよ！」

妨害魔法が破壊されたことによって、天空城の様子が一変する。

窓から外を観察していたユーリが、振り返って報告した。

「ガーゴイルが一斉に動き出した！」

石柱のてっぺんに鎮座していたガーゴイルが、一斉に動き出して空を飛んでいた。その数、百はゆうに超えるだろう。本来、あのガーゴイルたちは、城から出ようとして結界に近づかなければ起動しないはずだ。妨害魔法が仕掛けたトラップの正体は、ガーゴイルたちの強制起動だった。

想定内――。

トラップの正体を探るために、ソフィたちは城内を何度も探索した。分析魔法を駆使すれば、あの妨害魔法と連結している仕掛けを見破るのはそこまで難しくない。

「ユーリ、作戦通り任せられますか⁉」

「うん！　私に任せて！」

杖を翻したユーリは、飛行魔法で窓から外に出た。

杖を握った姿が様になったのは何時《いつ》頃からだろうか。ふとした拍子に少女の成長を感じて目頭が熱くなる。……今は大事な時だ、感極まっている場合ではない。

迫り来る無数のガーゴイルに対し、ユーリは冷静に魔力を練り上げた。

妨害魔法を無効化した今なら、大規模な魔法も発動できる。

「――拘束魔法」

魔力で創造された鎖の輪が、ガーゴイルたちを拘束する。

無限に再生するガーゴイルに対処するには、破壊ではなく拘束が最善手であると判断した。

拘束魔法はそれほど難しい魔法ではないが、標的の数が百を超えている。しかもガーゴイルのような頑丈で力強い魔物には効きにくい魔法だ。流石に並大抵の魔法使いでは手に負えない。

それでも、ユーリは尋常ではない精度で魔法を制御し、ガーゴイルを無力化した。

一度に百の魔法を同時に操るかの如き神業を、ユーリは披露する。

「ごめんソフィ！　何体か逃した！」

ユーリがそう叫んだので、すかさずソフィは感知魔法を発動した。

何体か逃したと言っても五体程度のようだ。

「大丈夫です」

この程度の尻拭《しりぬぐ》いができないほど、ヤワではない。

それに、天空城に来たばかりの時と違って、今のソフィは調律が完了している。

「――浮遊魔法・改」

浮遊させられる対象の数も、浮遊させる力も、浮遊を維持できる時間も、全てを強化した最新版の浮遊魔法を発動する。

ガーゴイルが元々鎮座していた石柱を、全て地面から引っこ抜き、弾丸のように迫り来るガーゴイルへ放った。ガーゴイルたちは幾つもの石柱に身体を挟まれ、身動きが取れなくなる。

即席で作った石柱の檻《おり》だ。これでガーゴイルの脅威は去った。

「流石、ソフィ！」

「この一年、私も鍛え直しましたからね」

「素敵！　最高！　愛してる！」

「褒めすぎです」

興奮するユーリに、ソフィは落ち着いて言う。

とにかく、これで妨害魔法の解除と、ガーゴイルの無力化に成功した。

城を脱出するための障害は――あと一つ。

「ソフィ！」

「ええ！」

ソフィが杖を振ると、足元に紫色の魔法陣が現れる。

使い魔の召喚魔法だ。

ソフィが召喚したのは――家一つ分はあるであろう、巨大なミミックだった。

突如現れた巨大な魔物に、天空城が揺れ、砂埃《すなぼこり》が舞う。飛行魔法で空を飛んでいるソフィとユーリは、眼下に現れた巨大な箱を見つめた。

「……いつ見ても、でっかいね」

「そうですね。多分、世界で一番大きなミミックなんじゃないでしょうか」

しかし、用があるのはこのミミックではなかった。

ソフィはミミックに近づき、声をかける。

「お願いします。私たちの、力になってください」

巨大なミミックが蓋《ふた》を開く。

その中から――真っ白な鱗《うろこ》のドラゴンが飛び出た。

ジュエル・ドラゴン。全身が宝石でできた、世にも珍しいドラゴンだ。

宝石を食べる習性を持つジュエル・ドラゴンは、ソフィが使い魔にしている巨大なミミックの中に棲《す》みついていた。宝石を集める習性を持つミミックからすると、宝石の塊が自らやって来たようなものなので拒むはずもない。いわばジュエル・ドラゴンとミミックは共生の関係にある。

なら、ミミックの主《あるじ》であるソフィにとって、ジュエル・ドラゴンは隣人に等しい。

この日のために、ソフィはあらかじめ隣人に協力を取り付けていた。

城から脱出できたとして、問題は移動手段だ。ソフィたちはこの天空城の現在位置をまだ知らない。もしここが、どの大陸からも離れている大海の上空だった場合、飛行魔法だけでは陸に辿《たど》り着《つ》けず海に落下してしまう可能性がある。

だから、ソフィたちを陸まで運んでくれる相棒が必要だった。

移動手段の確保も完了。

満を持して、ソフィたちは魔力を練り上げる。

「ユーリ！　いきますよ！」

「うん！」

結界を解除する方法については、色々悩みながらユーリと話し合って決めた。

結界の効果を書き換える。こちらも妨害魔法を使って結界を歪《ゆが》ませる。色んな案が出たが、ふと冷静に考えた時、ここにいる二人の魔法使いはどちらも桁外《けたはず》れな魔力を有することに気づいた。

時には、ゴリ押しが最もスマートな選択になることもある。

ソフィたちが最後に選んだのは、力による突破だ。

「「――破壊魔法ッ‼」」

対象を破壊する、最も単純にして恐ろしい魔法を発動する。

ガラスが割れるような音と共に結界が砕けた。

すぐにソフィたちはジュエル・ドラゴンの背に乗る。ソフィが杖で行き先を示すと、ジュエル・ドラゴンは翼を羽ばたかせ、空を駆けた。

結界が自動で修復されていく。

だが、それよりも早く――ソフィたちは結界の外に出る。

「ソフィ！　出た！　私たち、城から出たよ！」

「ええ、出ましたね！」

ユーリの興奮が伝わってくる。今ばかりはソフィも冷静さを失いそうだった。

しかし、今すぐに確認しなければならないことがある。

ここはどこだ――？

眼下には陸地が見える。

沿岸部の形に見覚えがあった。職業柄、地理に詳しいソフィは瞬時に悟る。

「ああ……やはり……っ‼」

現在位置が分かった。

「ユーリ！　ここは、オラシア大陸の上空です！」

後ろにいるユーリは首を傾《かし》げた。

大陸の名称が分からないから、言われたところでピンと来ないのだろう。

「私たちが目指す王国がある大陸です！」

ユーリが目を見開いた。

これなら——すぐに王都まで移動できる。

ジュエル・ドラゴンが空を駆る中、ソフィは背後を振り返った。

天空城が見えない。恐らくあの結界には、自動修復機能が搭載されている上に、外部から天空城を視認できなくする隠蔽《いんぺい》機能もあったのだろう。だから今まで誰にも発見されなかったわけだ。

眼下の光景が、少しずつ馴染《なじ》み深いものに変わっていく。

王国に入った。男爵領、子爵領……次々と景色が移り変わる。

広大な森の向こうに開けた大地が見えた。——王都だ。ソフィの店があり、ユーリが長年見つめてきた、王国最大の都市。

「帰ってきた……」

一年という期間は、長いようで短い。しかしいざ帰郷を実感すると、込み上げてくるものがあった。自分が内心で、どれほどこの街に焦《こ》がれていたのか、今になって自覚した。

「私……本当に来たんだ……っ」

ユーリは王都の街並みを一望して涙を流した。

ソフィとは異なる理由だが、ユーリにとってもずっと求めていた景色だ。映像越しにしか見られなかった街並みが、今、遂に目の前にある。

ジュエル・ドラゴンが王都の広場に着地した。

ソフィたちはドラゴンの背から降りる。……この硬い石畳の感触。ああ、本当に帰ってきたんだなと、ソフィはしみじみ思った。

「ソフィ！」

ドラゴンの来訪に広場は喧騒《けんそう》に包まれていたが、その時、人垣を突っ切ってソフィに近づく人物がいた。その少女は、相変わらずの煌《きら》びやかな金髪縦ロールを揺らして必死に走ってくる。

「久しぶりですね」

そう告げるソフィの胸に、フランシェスカは両手を広げて抱きついた。

少々暑苦しいが……今は許してあげよう。

天空城から王都の様子を見ていたソフィは知っていた。フランシェスカは誰よりも真剣にソフィを捜索してくれた。……あの姿を見たからこそ、ソフィはなんとしても地上に帰らなくてはならないと思ったのだ。

フランシェスカが涙を流す間に、更に何人かの見知った人物がこちらに近づいてきた。

ルイス、シャロン、ザック……ソフィが今までの仕事で関わってきた人たちだ。広場に降り立ったジュエル・ドラゴンを見て、フランシェスカと共にここまで駆けつけてきてくれたのだろう。

人が集まってきたことに気づいたフランシェスカが、涙を拭《ぬぐ》ってソフィから離れる。

「そちらの少女は……」

フランシェスカはようやくユーリの存在に気づいたようだった。

「はじめまして。ユーリです」

「フランシェスカですわ」

「うん、知ってる」

フランシェスカが不思議そうに首を傾げた。

ユーリは、広場にできている人集《ひとだか》りを見渡す。

フランシェスカ、ルイス、ザック、シャロン、ジン、ダリウス……他にも王都の住民がたくさん来ていた。その中には、以前ソフィと一緒に天空城の球体で見ていた、鍛冶屋《かじや》の親子がいる。

ユーリの頬に涙が伝った。

すっかり大人びたはずのユーリは、一年前の、子供だった時の満面の笑みを浮かべる。

「はじめまして、皆。…………やっと、会えたね」

◆

一週間後。

「なるほど。そういうことがあったのか」

引っ越し屋の店内にて、ソフィは勇者ロイドと二人きりで話をしていた。

ソフィとの再会に涙を流したフランシェスカは、落ち着いた後、ロイドもソフィを捜索して駆け回っていると伝えた。それを聞いたソフィは慌ててロイドに手紙を出したのだ。手紙には、王都に戻ってきたことと、自分が今までどこにいて何をしていたのかを簡単に綴《つづ》った。

後日その手紙を受け取ったロイドは、すぐにこの店へ顔を出した。ロイドは改めて事の顛末《てんまつ》を聞きたいと言ったので、ソフィは天空城のことを一通り説明したが……。

「勇者様も私のことを捜してくれたみたいで……大変ご面倒をおかけしました」

「恩人が困っているなら、助けたいと思うのは当然のことさ。もっとも、私の方は結局空振りに終わってしまったけどね。国内の捜索は他の人に任せて、他国の伝手《つて》を頼ってみたんだが、君に関する情報は一切手に入らなかった。……空に浮かぶ城か。聞いたことすらないな」

テーブルに置かれたカップを持ち上げ、口元で傾ける。

フランシェスカがオススメしてくれた紅茶だが、勇者の口にも合ったようで何よりだ。

「それで、手紙に書いていたユーリという少女はどこに？」

カップをテーブルに置いたロイドは、神妙な面持ちで訊《き》いた。

「ユーリですか？　今なら商店街の方にいると思いますが……呼んできましょうか？」

「いや、それは止《や》めてくれ」

ロイドは即座に首を横に振った。

「君の安否を確認したかったのは勿論《もちろん》だが、実は王都に来た理由はもう一つあってね。……私をユーリのところに案内してくれないか？　できれば、ユーリには悟られない形で」

内密に調べたいことがある――。

暗にそう告げるロイドに、ソフィは不審に思いながらも頷《うなず》いて従った。

「ユーリは今、どこに住んでいるんだ？」

「私の家です」

商店街に向かいながら、ソフィはロイドの疑問に答える。

「王都まで無事に連れてきたのはよかったんですけど、当然、ここにあの子の家はありませんからね。住民登録など、私が同伴した方がよさそうな手続きがこれからたくさんありますし、取り敢えず今は一緒に暮らしています」

先程ロイドと一緒に話していた店の二階に、ソフィたちの暮らす部屋がある。

ユーリと一緒に暮らすと決めた後、何故《なぜ》かそれを聞いたフランシェスカが「わたくしなんてお泊まりすらしたことないのに⁉」と怒ったことを思い出した。ユーリはユーリで得意げな顔をしていたが、実際のところいつまで一緒に暮らすべきなのかはソフィも考えあぐねている。

長年、孤独に生きてきた少女に、いきなり独り暮らしを強いるのは気が引けた。

いつか独り立ちする日は来ると思っているが……王都に到着して早一週間、すっかり大人に成長したと思っていたユーリは、また以前のようにソフィに甘えだしていた。夜寝る時は必ず抱きついてくるし、家の中にいる時も、外に出た時も、常に手を繫《つな》ごうとしてくる。

それでも、今みたいにソフィと離れて行動することもあるので、極端に孤独を恐れているわけではないのだろう。いつかユーリが、もっとこの街を気に入り、もっと自由に動き回りたいと思ったタイミングで、独り暮らしを提案するくらいが丁度いいかもしれない。

「君が、親代わりになるつもりはないのか？」

「ほんの少し考えたことはあります。でも、今のあの子はそこまで幼くありません」

出会ったばかりの頃はともかく、今のユーリの精神年齢なら自立も容易《たやす》い。

ユーリがソフィに求めているのも、親の立場というよりは甘えられる友人といったものだ。かつてのユーリはその二つを混同していたが、今のユーリは……多分、内心では区別できている。

「それに……あの子が会いたがっている家族は、他にいますから」

いつかユーリは父に会いに行くはずだ。

その時の足枷《あしかせ》にはなりたくない。

「あ、いましたよ」

商店街に向かうと、すぐにユーリの姿を見つけた。

ユーリの外見は目立つ。透き通るような銀髪は、ソフィの家でしっかり手入れしたことで一層美しく輝いていた。白い肌に整った目鼻立ちは、道行く者たちの視線を次々と吸い寄せる。

しかしやはり、何と言ってもその頭から伸びる角が、髪よりも顔よりも目を引いた。

ユーリは二人の人物と話しているようだった。……天空城で見た鍛冶屋の親子だ。確か、鍛冶屋を引き継いでほしい父親と、冒険者になりたい息子で揉《も》めているんだったか。

「お前が冒険者としてやってけることは疑ってねぇよ。ただ、鍛冶屋だってなぁ、長く続けりゃあ冒険者に負けないくらい面白いもんだと気づいて……」

「うんうん、分かるよ。だって、おじさんも昔は冒険者を目指してたんだもんね？」

「ちょっと待て。嬢ちゃん、なんでお前がそんなこと知ってるんだ」

親子の会話にユーリが割り込むと、父親の方が驚いてユーリを見た。

「でもね、息子さんは、元々おじさんが作った武器をもっと宣伝したくて冒険者を目指すことにしたんだよ？　息子さんだって鍛冶屋の面白さは知ってるんだよ」

「ちょっと待て！　なんでお前がそんなこと知ってるんだよ！」

息子の方も驚いてユーリを見た。

そんな二人に、ユーリはニヤニヤとした笑みを浮かべる。

「ずっと前から見てたからね～」

念願の王都への引っ越しを果たしたユーリは、心に余裕ができたことで、ちょっとお転婆な一面が解放されつつあった。

まあ、あれも本人なりの人助けのつもりなのだろう。長年この王都を文字通り俯瞰《ふかん》していたユーリは、王都の住民に対してどうしても伝えてあげたいことが山ほどあったらしい。だから今、満を持してそれを一つ一つ消化している。

一年前は見た目よりも随分子供だった。それが天空城を脱出する際には、見た目以上に大人びて見えるようになり、王都に来てからはようやく年相応の雰囲気になった気がする。魔法の腕前や思慮深さが失われたわけではないから、必要に駆られたら再び大人らしい態度を取ることも可能なのだろう。だが、恐らく今の明るい性格こそがユーリの素に違いない。

ソフィは穏やかな気持ちでユーリを見守る。

だがその隣で、ロイドは険しい顔をしていた。

「あの、角は…………ッ」

ユーリを一目見たロイドは額に手をやり、激情を抑える素振りを見せた。

ふらふらと覚束《おぼつか》ない足取りで、ロイドは路地裏の方に入る。

ソフィは心配してついて行った。

「……引っ越し屋。あの角が何なのか、知っているか？」

「いえ……」

冷や汗を垂らしながら訊くロイドに、ソフィは首を横に振った。

「あれは、魔族の特徴だ」

魔族。まさか、ここでその名を耳にするとは。

いや……他ならぬ勇者の口からその名を聞くのは、むしろ最も自然な流れと言える。

魔族とは、人と魔物の間に生まれたと言われている種族だ。人間よりも魔法の扱いに長《た》け、異形の身体を持つことが多い。

かつて勇者は魔王と戦ったが、当然あの戦争は個人間で起きたものではない。

あの戦いは――人類と魔族の種族間戦争だった。

勇者は人類代表だった。そして魔王は魔族代表だった。多くの人類と魔族が犠牲になる中、最後にこの二人が顔を突き合わせて戦い、決着がついた。それが戦争の顛末である。

子供には語られない話だが……魔族の方が人類よりもこの戦争に懸けていたのは明白だ。人類と比べて数と技術力で劣る魔族は、それでも快適な世界を求めて、各々が当事者意識を掲げて戦争に参加した。その影響もあって、現在生き残っている魔族の数は極めて少ない。

人類だって血も涙もないわけではない。一応、生き残った魔族たちが過ごせる土地を地図の端っこには残している。しかしこの、いかにも人類に追いやられたような境遇には、少しずつ同情の視線が集まっていた。

だが、今回の本題はそこではなく――。

「魔族の中には、頭部から角を生やした血統がいる」

「血統……ですか？」

「ああ。魔族の身体的特徴は血統を示すんだ。翼の生えた魔族、尻尾《しっぽ》の生えた魔族……こういう特徴は親から引き継ぐ」

あの角もそうだ。――ロイドはそう告げた。

伊達《だて》に最前線で魔族と戦ってきた男ではない。ロイドは魔族に詳しかった。たとえそれが血塗られた知識だとしても。

「角の魔族は少ないのか、あまり知られていない。だからこそ私は鮮明に覚えている。……私は戦場で、あれと全く同じ角を見たことがある」

ソフィは目を見開いた。

つまり――ロイドは戦争中に、ユーリの親族と出会ったということだ。

戦争中に、勇者が魔族と出会ったのだ。ならば何が起きるのかは想像に難くない。

凡《およ》そ一年前、天空城でユーリと話したことを思い出した。

――お父さんに会いたいですか？

――……………うん。

心臓が跳ねる。ユーリの願いが、限りなく遠退《とおの》いた。

彼女の願いは……叶《かな》わないかもしれない。

だがロイドの表情が、ソフィに違和感を与えた。

ロイドは酷《ひど》く絶望した表情を浮かべていた。その理由が分からない。ユーリが父と会いたがっていることについては、まだロイドに伝えていないはずである。

では、何故そんな顔をする？

まるで、他にも深刻な問題があるとでも言いたげな――。

「……私は、村に帰るよ」

ロイドは疲労感を込めた吐息を零《こぼ》して言った。

「私は彼女と同じところにいてはいけない。……彼女には、幸せになる権利がある」

そう言ってロイドは歩き出した。

だが最後に、こちらへ振り返って口を開く。

「くれぐれも気をつけてくれ。あの子は、過去に触れるべきではないかもしれない」

ソフィがその言葉の真意に気づくのは、馬車に乗った勇者が王都の門から出た頃だった。

突如、王都の中心で練り上げられた魔力の奔流——。大地が震え、空が歪《ゆが》むほどの莫大《ばくだい》な魔力を前に、ソフィは激しく悔いることになる。

もっと、寄り添うべきだったのだ。

ロイドから話を聞いた後、ソフィはすぐにユーリのもとへ駆けつけて、その身体を抱き締めてあげるべきだった。

彼女の居場所は、ここにあるんだともっと伝えるべきだった。

◆

路地裏でソフィとロイドが話している頃。

二人に見られたことに気づかなかったユーリは、ドワーフの老人と会っていた。

「ザックさん！　今日はよろしくお願いします！」

「ああ。街を案内すればいいんだな」

建築家のザックと合流したユーリは、王都の中心地に向かって歩き出した。

「しかし、どうして儂《わし》なんだ？　どうせなら歳の近い者の方がお前も楽しいだろう」

「そんなことないよ？　私、ザックさんと話してみたかったし」

「そうなのか？」

「うん。ソフィが言っていたの。ザックさんは長生きしているから、王都の歴史に詳しいって」

確かにザックは王都の住民の中でも相当な長生きに該当する。

ザックはふむ、と納得の声を零した。

「それにね、これが私なりの礼儀になるんじゃないかと思って」

「礼儀？」

「歳も性別も関係ない。とにかく、ここで暮らしている人たちのことをたくさん知る。それが、私を受け入れてくれたこの街に対する礼儀かなって」

ユーリはザックを見つめ、頭を下げた。

「私に、この街のことをもっと教えてください！」

「……いいだろう」

心の清い少女だ。

この少女の性格を知っているからこそ、ソフィは自分を紹介したのだろうとザックは思った。

事務的に案内するつもりだったザックだが、ユーリの心意気に感心し、予定よりも会話を増やしながら案内した。王城の紹介から始まり、魔法学園、学術研究ホールといった規模の大きい施設を紹介する。それから商店街にももう一度足を運び、住宅区の入り組んだ道についてもざっと説明した。

案内の途中、ユーリがふと足を止め、ぼんやりとどこかを眺める。

ユーリの視線の先には一組の親子がいた。父親と、十代半ばくらいの娘だ。

「どうかしたのか？」

「あ、えっと……私のお父さんも、あんな感じなのかなって」

少し羨《うらや》ましそうにユーリは言う。

「父親と会いたいのか」

「……うん」

親子を眺めながら、ユーリは頷《うなず》いた。

「ぼんやりとしか覚えてないけど、大事にされていたような気がするの。ソフィがいてくれるだけでも幸せだけど……やっぱり、本当の家族には憧《あこが》れがあるかな。この街に来て、色んな家族を見かける度にそう思う」

父と会う。そんなユーリの想《おも》いは、彼女が成長する度に強くなっていた。成長することで色んな人間関係を学び、家族というものがどれだけ大事なものなのかを改めて認識できたからだ。

「応援している」

ザックは告げる。

「帰るべき場所は一つでなくてもいい。この街を一通り楽しんだ後は、父を探して旅立つのもいいだろう。大事なものは幾つあってもいいからな」

「……似たようなこと、ソフィも言ってたなぁ」

「あの引っ越し屋が？」

「うん。人の気持ちは一つではないって」

「そうか。それはいい言葉だ」

色んな人生を見届けてきた、ソフィならではの言葉だとザックは思った。

ザックも馬鹿ではない。あの引っ越し屋がただならぬ魔法使いだと気づいた後、少し調べて彼女がどういう称号を持っているのかを知った。……もし彼女が世間の期待通りに生きていたなら、きっとそういう言葉は出てこなかっただろう。

「ここが、王立魔法図書館だ」

二人は灰色の塔を見上げた後、その中へ向かう。

「ザックさんが作ったんだよね？」

「移転前のものはな。今ここにあるものは違う。これは、現代の若者たちが作った図書館だ」

今を生きる若者たちの手柄を奪いたくない。齢《よわい》三百のザックは暗にそう告げた。

「もっとも……儂らの意志が遺されているのも確かだ」

どこか懐かしむような目で塔を見つめながら、ザックは付け足す。

「この図書館、ソフィが引っ越しを手伝ったんだよね？」

「ああ。手伝ったというより、彼女が主導した」

「そっか」

ユーリは静かに微笑《ほほえ》んだ。

「……やっぱり、ソフィは凄《すご》いなぁ」

天空城でソフィは言っていた。引っ越し屋は色んなものを運ぶ。家具とか、飾りとか……思い出とか、縁とか。ソフィはザックにとっての大事なものを、ちゃんと運んでみせたのだろう。

「では、入るか」

「うん！　楽しみ！」

ザックと共に、ユーリは魔法図書館の中に入った。

「引っ越し屋から聞いているかもしれんが、この図書館にある本は、必要とする人のもとへ自ら飛んでいく。新鮮に映るだろうが、これでも図書館だ。あまり騒がずに――」

簡単に説明しながら、既に十秒以上が経過した。

大抵、初めてこの図書館を訪れた者のもとには、必ず一冊以上の本が飛んでくるが……。

「あれ？　飛んでこないね？」

「……そうだな」

首を傾《かし》げたユーリが、図書館の奥に入る。

すると、正面の棚から一冊の本が飛び出し――ユーリから距離を置くかのように離れていった。

「えっと、もしかして逃げられてる？」

「……みたいだな」

「え～～！　なんで⁉」

ショックを受けたユーリは唇を尖《とが》らせた。

一方、ザックは疑問を抱く。

この図書館にある本は、必要とする人のもとへ自ら飛んでいき、不要とする――即ち読むべきでない人からは自ら逃げていく。それがザックの妻ミーリが生み出した図書館の魔法だ。

しかし近年、逃げていく本を目にする機会は滅多にない。

理由は二つある。一つは、大抵の本は誰かにとっては必要な知識を綴《つづ》っていること。全く役に立たない本というのはあっても、決して読むべきではない本というのは滅多に存在しないのだ。要するに、単純に母数が少ないので目にする機会も少ない。

もう一つの理由は、そのような人目に触れるべきでない不要な本は、定期的に司書たちが会議して処分していることだ。

図書館の運用開始から三百年。有害な書物は司書たちによって着実に削られていき、混沌《こんとん》としていた過去と比べて出版のガイドラインが整理された現代においては、不要な本はそもそも生まれること自体が稀《まれ》になっていた。

この図書館の司書たちが真面目《まじめ》な気質であることは移転の際に確認している。だから、害意の込められた本が図書館に並べられているとは考えにくい。

つまり、今逃げたあの本は、他の誰かが読む分には問題ないが、ユーリだけは決して読んではならない本なのだ。

嫌な予感がする。ザックの額から一滴の汗が垂れた。

ユーリのもとへ飛んでくる必要な本が一冊もないという点も気掛かりだ。

まるで、ユーリは今のままの……無知であるべきだと言わんばかりの光景である。

「ふ〜〜ん……そんなに逃げられたら、逆に気になっちゃうな〜〜」

ユーリは杖《つえ》を取り出し、不敵に笑った。

「――拘束魔法！」

逃げていく本が、魔力の鎖で雁字搦《がんじがら》めにされる。

「そして、浮遊魔法！」

動きを失った物体なら、この魔法で自由に操作できる。

ユーリは自らの手元まで本を運んだ。

実は、浮遊魔法の対象に魔力など不安定なものを指定するのは難しい。逃げていく本を拘束魔法ごと操作するのは一流の魔法使いでも難しいことだが、ユーリは難なく成し遂げた。

「さて、私から逃げた本は、どんな内容なのかな〜〜〜？」

捕まえた本の表紙をユーリは見た。

その瞬間――ユーリの瞳《ひとみ》から色が消える。

ユーリが捕まえた本の内容はザックも気になった。隣で本の表紙を覗《のぞ》き見《み》る。


――魔王ハーデスの生涯。

それは、先の戦争によって勇者に倒された、魔王ハーデスの生涯を綴った本だった。確か歴史ジャンルの書架に納められていたはずだ。

「……あ」

ユーリは言葉を失う。

朧気《おぼろげ》だった過去の記憶。まるで、思い出すべきものではないかのように固く花弁を閉ざしていた記憶の蕾《つぼみ》たちが――今、一斉に花開いた。

忘れていたものたちが、濁流となって頭を駆け巡る。

そうだ、私は――――。

黒々とした雲の下で生まれ落ちた。

鋼の要塞《ようさい》の中で過ごしていた。

戦士たちの背中を見送った。

皆を救う力が欲しいと願った。

――自慢の娘だ。

自分と同じ角を持った父に、認められたことが何より嬉《うれ》しかった。

「…………………あ、あぁ……ッ‼」

ゴウ、と風が吹いた。

際限のない魔力がユーリの肉体から溢《あふ》れ出した。ユーリを中心に、嵐のように魔力が渦巻く。

「ユーリ⁉」

まるで天変地異の前触れのような光景に、ザックが叫んだ。

だが、ユーリには聞こえない。

あまりにも膨大な魔力が空間を歪《ゆが》ませていた。図書館にいる人々の悲鳴が重なって反響する。それでもユーリは止めない。何かを──何か壮大なことをしようとしている。

その時、大慌てで図書館の中に入ってきた少女がいた。

「ザックさん！　この魔力は⁉」

ソフィが、魔力のうねりを感じて駆けつけてきた。

「引っ越し屋！　ユーリの様子がおかしい！」

ザックの状況説明を聞いたソフィは、荒れ狂う魔力の中心を見る。

そこには、杖を握ったユーリが佇《たたず》んでいた。

「あの魔法は、まさか……っ⁉」

ソフィは魔力の奔流に吹き飛ばされないよう、少しずつユーリに近づいた。

「ユーリ、落ち着いてください‼　その魔法を止めてください‼」

ソフィの声が届いたのか、嵐の中でユーリはゆっくり振り返る。

「……だったら、許せって言うの？」

ユーリの瞳から涙が流れた。

その目には、今までのユーリからは感じたことのない憎悪が宿っている。

「国を、家族を奪ったお前たちを……っ‼　憎き人類を、許せって言うの……ッ⁉」

ユーリは、ソフィを睨《にら》んだ。

まるで、親の敵を見るかのように──。

「魔王の娘である私に――――ッ‼」

空間がねじ曲がるほどの膨大な魔力が、たった一つの魔法に注ぎ込まれる。

ユーリの杖が……ソフィから受け取った一振りの杖が、目も開けられないほど力強く輝いた。


「――時空魔法ッ‼」


それは、ソフィですら習得できなかった伝説の魔法。

このままでは、ユーリは行ってしまう――。

「ユーリ‼」

ソフィは杖を突き出し、ユーリの魔法に干渉した。

防ぐことはできない。なら、自分から巻き込まれにいくしかない。

後先を考えている場合ではなかった。

今は、あの子を一人にするべきではない。

「ソフィ」

光の中で、ユーリはソフィを睨んだ。

涙を流しながら、その瞳に深い闇を込めて――。

「私は――父を救う」

三章　時を越えたお引っ越し

時空魔法は、過去と未来を行き来することができる魔法とされている。

理論上可能とされている魔法だが、発動するためには人智を超えるほどの膨大な魔力と極めて高度な技術が必要であり、時空魔法という名称こそ魔法使いたちの間では周知されていても、今ではほとんど机上の空論と化していた。

「く……っ」

図書館で光に包まれたソフィは、次の瞬間、曇天が広がる空に放り出されていた。

咄嗟《とっさ》に飛行魔法を発動して、落下死を免れる。

緩やかに地上へ下りながらソフィは周囲を見渡した。

黒々とした空。枯れ木すら存在しない荒れ果てた荒野。そして遠くに見える巨大な鉄の要塞。どう見ても、ソフィが先程までいた王都の景色ではない。

勇者伝説という本がある。勇者が魔王を倒すまでの道のりを綴った娯楽性の高い小説だ。その小説に、目の前の光景とそっくりの土地が挿し絵として描かれていた。

時空魔法は、指定した時代の、指定した土地に移動できる魔法だ。

父を救うと言っていたユーリが指定する時代と行き先には、見当がつく。

(あれは、五十年以上前の魔王城……っ)

鈍色《にびいろ》の要塞を見て、ソフィは息を呑《の》む。

激しい喧騒《けんそう》が至るところから聞こえていた。今まさにここは戦火に包まれている。人類と魔族の戦争、その最前線がこの地なのだろう。

砂塵《さじん》に紛れて緩やかに地面に着地したソフィは、すぐに感知魔法を発動した。

(……ユーリがいない)

感知魔法の範囲内からユーリの魔力が感じられない。

転移先がズレていたか、それともソフィより早く転移が済んで先にどこかへ向かったか。

焦燥のあまり呼吸が荒くなる。ソフィは胸に手をやって、どうにか落ち着こうとした。

未《いま》だ完全には呑み込めていない情報を、言葉に発して噛《か》み砕《くだ》こうとする。

「ユーリ。貴女《あなた》は……魔王の娘だったんですね」

ロイドは察していたのだろう。

教えてくれなかったことを恨むつもりはない。ユーリの平穏な日々を考えると、こんな真実は誰も知らないに越したことはないのだ。

これからどうする?

ユーリを連れ戻すか? それとも――――。

……なんにせよ、まずはユーリを見つけて話さないと始まらない。

その時、感知魔法で捉《とら》えていた魔力が一つ消えた。

この消え方……恐らく、誰かが死んだ。

ソフィはすぐに魔力が消えた場所へ向かう。

(魔族の死体……？)

青白い肌の女性だった。髪は長く、手足は細い。彼女が魔族だと断定できた根拠は、その肉体が薄《うっす》らと透けているからだ。肌も髪も半透明で、もたれ掛かっている岩の色が微かに見える。

空から見えたあの要塞が魔王城だとすれば――ユーリはそこにいるかもしれない。

「……その姿、お借りします」

ソフィは変装魔法を使い、目の前の女性になりすました。

まずは魔王城に向かって情報収集だ。魔族に変装すれば門前払いされることもないだろう。

こうしている間にも、ユーリが危険な目に遭っているかもしれない。ソフィは飛行魔法ですぐに魔王城に向かった。

思わず足が竦《すく》んでしまいそうになるくらい巨大な要塞だった。だが荘厳な門は開きっぱなしで常に慌ただしく魔族が出入りしている。勇者伝説によると、ここは魔王軍の本拠地。その目前で戦いが繰り広げられている以上、魔族の陣営にはもう後がないのだろう。

忙《せわ》しなく出入りする魔族たちに紛れ、ソフィは城の中に入る。

「アザレア、無事だったのか⁉」

早々に声をかけられ、ソフィは足を止めた。

振り返ると全身が石でできた大男が立っていた。確か、ゴーレム族だったか。この目で見たのは初めてだ。

何か反応した方がいいかと思い、ソフィは口を開いたところで――失敗を悟る。

（しまった……この魔族の声が分からない）

変装魔法は外見を変えているだけで、声までは変えられない。

他人の声を模倣する魔法は存在するが、この女性の声は一度も聞いていないので再現できなかった。どうするべきか口をパクパクさせていると……。

「ん？　なんだ、喋《しゃべ》ろうとしてるのか？　お前ゴースト族だから無理に決まってんだろ。いつも通り魔力で文字書けよ」

ゴースト族。常に宙に浮いており、物体を通り抜けたり、不思議な力でものを操ったりできる魔族だ。そういえばそういう魔族もいたなと思い出す。

ゴースト族は、会話や食事をすることがない。そのため、どうやらアザレアと呼ばれたこの女性は普段から筆談で意思疎通をしていたようだ。

魔族が生きるこの国は、ソフィが住んでいる王国と同じ大陸なこともあって、使用している言語は同じである。

しかし文字は異なったはずだ。

なので――翻訳魔法を相手に気取られないよう発動した。

その上で、言われた通り魔力で空中に文字を記す。自国の言葉で書いたが、翻訳魔法で文章の意味を直接相手の脳内に叩《たた》き込《こ》んだ。

「状況を知りたい？　まあ、それは構わねぇけどよ……」

よし。ちゃんと伝わっている上に、文字が異なっていることもバレていない。

ゴーレム族のこの男には、いつもの文字に見えているようだ。

『一度休息も挟みたい』

「休息……？」

男の目が鋭くなった。

「おい、アザレア。まさかお前、今更この戦争にビビったわけじゃねぇよな？」

男はソフィを見下ろして言った。

「今、この戦争は大事な局面だぜ。俺たち四天王が臆《おく》していたら、下の連中まで逃げ腰になっちまうってことくらい分からねぇのか？」

――四天王。

アザレアと呼ばれた時点で、もしかしてとは思っていたが……やはりそうか。

ゴースト族のアザレア。魔王軍四天王の一角である。

となれば、この男の正体も分かる。

魔王軍四天王の一角、ゴーレム族のドイル。勇者ロイドはその頑丈な身体に傷一つつけることができず、一度敗走を余儀なくされたという。それほどの猛者《もさ》だ。

「そもそも、アザレアの持ち場は前線のはずだ。なんで戻ってきた」

『私には私の考えがある』

「逃げてきた奴の言い訳にしか聞こえねぇなァ……」

ソフィの何倍もあるドイルの巨体が、ぐらりと動いた。

ドイルの拳《こぶし》が振り下ろされる。床が砕け、強烈な地響きに城が揺れた。反射的に飛《と》び退《の》いたソフィは、先程まで自分が立っていた床が派手に抉《えぐ》れている光景を見る。

「一発、俺に入れてみろよ。腑《ふ》抜《ぬ》けになった四天王なんざ士気を下げるだけだからな。無様な姿を見せるようなら、ここで引導を渡してやる」

ドイルは眼光鋭くソフィを睨んだ。

(……下手《へた》に手加減したら、もっと追い詰められそうですね)

幸い、ゴースト族の戦い方は勇者伝説に記載されていたので知っている。

ここは――そこそこ本気で攻撃した方がよさそうだ。

「おっ？」

ふわり、と床の破片が浮いた。

調律が完了して本調子を取り戻した浮遊魔法。ソフィはその魔法を駆使し、床の破片を刃《やいば》代わりにして一斉にドイルへと放つ。

しかしドイルの頑丈な身体に、床の破片はペシペシと弾《はじ》かれて落ちるだけだった。

「おい。まさか、この程度が俺に通用すると思って――」

思っているわけがない。

だからこれは攻撃ではなく、ただの目眩《めくら》まし。

本命は――――今から訪れる。

『歯を食いしばれ』

「は？」

魔王城に来る途中、大きな岩を幾つか見つけた。それら全てに浮遊魔法をかけ、さながら砲弾の如くドイル目掛けて放つ。

巨大な質量兵器と化した大岩は、進路上の全てを薙《な》ぎ倒《たお》した。魔王城の門も粉々に破壊し、そのまま城内に入ってきてドイルに直撃する。

「お、おぉおお、おぉおおぉおおぉおおぉ――ッ⁉」

一発じゃ耐えられそうなので二発目、三発目も放った。

城の壁に大穴を空けて、岩の砲弾が入ってきた。横合いから岩の直撃を受けたドイルは派手に吹き飛び、反対側の壁に打ち付けられる。

「なんだ今のは⁉」

「襲撃か⁉」

「城に穴が空いてる⁉」

「門が壊されたぞ～‼」

わらわらと城内から魔族が出てきて、大騒ぎになってしまった。

（……ちょっと派手にやりすぎましたかね）

ものを自在に操るというゴーストの戦い方で実力を示すには、このくらいやった方がいいと思ったが……物足りただろうか？

ドイルはよろよろと起き上がり、ソフィを見た。

「お前、その力は……」

思ったよりもドイルは平然としていた。

（四天王にしては弱すぎたかもしれません。なら、更に大技を……）

ソフィは魔力を練り上げた。

ここで人間だとバレるのはマズい。妥協せず、今度こそ強力な魔法を使って――。

「ま、待て！　降参だ！」

ドイルは両手を前に出し、焦った様子で言った。

『言い訳じゃないって分かった？』

「あ、ああ、分かった！　というかお前、いつの間にそんなに強くなったんだ⁉」

逆に実力を示しすぎたらしい。

天空城での修練を経て、ソフィは手持ちの魔法を一通り実戦向けに仕上げたが、想像以上に出力が向上していた。偶《たま》にイメージを上回るので、これからは加減に気をつけた方がよさそうだ。

『改めて、状況を教えてほしい』

「わ、分かった。だがまずは移動しよう。お前のせいで騒がしくなってきた」

門が粉々に破壊されたことで、城内で待機していた魔族たちが続々と出てきた。

ドイルは彼らに、これは襲撃ではなく事故だと誤魔化《ごまか》した。

◆

「状況と言っても、こっちは防戦一方だからな。朗報に関しては何もねぇぞ」

魔王城二階の一室で、ソフィとドイルは椅子に座って会話した。

この部屋は、平時は応接間として利用されていたのだろう。……少し不思議な光景だ。色んなサイズの椅子とテーブルがある。魔族の身体的特徴はバラバラだから、来客に応じてセッティングを変えているのだろう。ドイルは部屋の中で一番大きな椅子に腰を下ろしている。

『こちらの被害状況は？』

「最後の重騎士部隊が壊滅した。後はもう俺たち四天王直轄の部隊しか残ってねぇが、それも死に損なっているだけみてぇなもんだ。……イヴリスもくたばっちまったしな」

ぼやくようにドイルは言う。

（イヴリス……確か、四天王の一角だったはず）

無論、ソフィが本当に知りたいのは魔王軍の被害状況ではない。今後、行動しやすくするためにも、まずはこの時代がいつなのかをはっきりさせておきたかった。

魔王軍四天王のイヴリスが死んだ時期となれば、この時代の候補も絞られる。

『四天王もあと三人か』

「戦力となるのは俺たち二人だけだ。ヴァイクの野郎も重傷で、戦線復帰は無理だろう」

ヴァイクも四天王の一人だ。

イヴリスとヴァイクが脱落済み。そして本物のアザレアも死んでいる。

実質、残る四天王は目の前にいるドイルのみなわけだ。となれば、この時代は──。

(……恐らく、勇者様が最終決戦に臨む直前)

勇者伝説の内容と照らし合わせることで、ソフィはこの時代を把握する。

四天王アザレアを倒した勇者は、遂に魔王がいる魔王城へ乗り込む。そこで最後の四天王ドイルを打ち倒し、やがて魔王を討つ──という歴史だったはずだ。

今は、その直前。

勇者が魔王城に乗り込もうとする時期である。

『角の生えた魔族が来なかったか?』

「角?　それって魔王様のことか?」

やはりそういう認識か。

魔族にとっても角が生えているというのは珍しいのだろう。

『違う。背の低い少女だ』

「そんな奴《やつ》は見てねぇな。報告にもないはずだ」

どうやらユーリは魔王城に来ていないようだ。

何故《なぜ》?　ユーリは父親に会うために、この時代に来たのではないのか?

いや……違う。ユーリは時空魔法を発動する直前、父を救うと言っていた。

なら、ユーリが向かうべき場所は――。

『勇者たちは今どこに？』

「分からん。近くまで来ているはずだが、ついさっきハーピィ族の連中から勇者一行を見失ったと報告が入った。……沼地の砦《とりで》が陥落したのは覚えてるな？　俺の見立てじゃあ、奴らは一度そこまで引き返して体勢を立て直してるんじゃねぇか」

なるほど。魔族たちから奪った砦を拠点扱いして、補給のために一度引き返したのか。

『沼地の砦の場所は？』

「なんで知らねぇんだよ。ここから南西に向かった先にある湿地帯の中央だ」

湿地帯。ここに転移した直後、空からそれらしい景色を見たことを思い出す。

ソフィは立ち上がり、部屋から出ようとした。

「おい、どこに行く気だ⁉」

『次の戦いに備えて休む』

「そ、そうか」

◆

ドイルと別れた後、ソフィはすぐに飛行魔法を使って湿地帯へ向かった。

しばらくすると半壊している砦を発見する。あれがドイルの言っていた沼地の砦だろう。

すぐに感知魔法を使う。

(――見つけた)

この魔力の反応、間違いない。

砦の近くで戦っている者たちがいる。

ソフィは彼らの傍《そば》に下りた。

「アザレア⁉　お前は倒したはずじゃあッ⁉」

最初にソフィの存在に気づいたのは、杖《つえ》を構えた真面目《まじめ》そうな青年だった。

「余所見《よそみ》するなッ‼」

「く――っ⁉」

角が生えた銀髪の少女が、青年に風の刃を放つ。青年は魔力の壁で刃を防いだ。

刃を防がれたことで、銀髪の少女――ユーリが舌打ちする。

あの風の刃は、天空城でガーゴイル対策の一環としてソフィが教えた魔法だった。当然、こんなふうに人に危害を加えるために教えた魔法ではない。

「エリック！」

脇腹と足から出血した青年に、後方で待機していた金髪の少女が治癒魔法をかける。

見目麗しいその少女は――アイリーン王女殿下。

彼女の隣には斧《おの》を持った筋骨隆々の男がいる。しかし出血が激しく、地面に片膝《かたひざ》をついていた。

「アイリーン！　俺たちだけでこの魔族を止めるのは無理だ！」

「ですが、勇者様はまだ治療中で――っ‼」

斧を持った男とアイリーンのやり取りで、彼らが勇者一行であることが確定する。となれば、杖を構えた青年は魔法使いで、斧を持った男は戦士で間違いない。

恐らくユーリもソフィと同じように、何らかの方法で勇者の居所を知ったのだろう。だが、どうやら勇者は治療中で今はここにいないらしい。

ドイルの憶測は正しかった。彼らは勇者を休ませるために一度この砦まで撤退したのだろう。

「しぶといね。なら、もっと大きな一撃を――」

ユーリは再び勇者たちに風の刃を放つ。その刃は、先程の数倍以上の大きさだった。

だがその寸前にソフィが、双方の間に幾重もの障壁を展開した。こちらも、先程の魔法使いのものより数倍以上大きい。

放たれた風の刃は、障壁によって弾かれ霧散する。

「……貴女《あなた》、誰？」

ユーリは苛立《いらだ》ちを露わにしてこちらを振り向いた。

「邪魔だから、そこにいて」

刹那《せつな》、魔力の鎖がソフィを拘束した。

七重の拘束魔法。一つ一つの鎖に縛る対象が設定されていた。魔力、身体能力、精神力、あらゆる力が締め付けられて閉ざされていく。

だが、閉じきる前にソフィは分析魔法で綻《ほころ》びを見つけた。

その綻びへ破壊魔法を流し込む。

「なっ⁉」

拘束魔法を破壊したソフィに、ユーリは目を見開いた。

その隙に、ソフィはユーリの懐に潜り込む。

「腕を上げましたね」

「っ⁉　その声は――っ⁉」

「ですが、時空魔法を使った直後で、流石《さすが》に本調子ではないようですね」

ソフィはユーリの身体に触れながら拘束魔法を発動した。

拘束魔法は対象に触れながら発動することで、より精度を高めることができる。――ユーリは魔法使いとして天賦の才を持つが、まだ魔法を学んで一年程度だ。こういう小細工を知らない。

「今の貴女なら、余裕で完封できます」

「く――っ⁉」

調子と経験。この二つで才能の差を埋めたソフィは、次に発動する魔法のために魔力を練る。

荒れ狂う魔力が湿った空気を吹き飛ばした。

「エリック！　何だこれは、どうなっている⁉」

「魔力のぶつかり合いだ！　信じられない、なんという密度だ……ッ‼」

抵抗しようとするユーリからも魔力が放たれ、乱気流が生まれていた。

とにかく、まずは落ち着いて話をするしかない。

そのためにも――場所を変える。

「待て！　何をするつもりか知らんが、その魔法は発動させんぞ！」

魔法の構築が完了した直後、勇者一行の魔法使いが干渉してきた。

これだけ膨大な魔力が渦巻いているのだ。辺り一帯を焦土と化すつもりなのかと警戒したのかもしれない。魔力の流れを阻害しにきている。

（こうなってしまうと、引き剥《は》がすより連れて行った方が早そうですね……っ）

ユーリは本調子ではないとはいえ、こちらが少しでも気を抜けば反撃してくる。

ユーリから目を離すことはできない。このままだと、あの魔法使いまで巻き込んでしまうが、背に腹はかえられないだろう。

ソフィと、ユーリ、そして勇者一行の魔法使いの身体がふわりと浮いた。

次の瞬間――三人の姿は湿地帯から消えた。

◆

浮遊感が消えた直後、ソフィたちは魔王城の部屋にいた。

少し前、ソフィがドイルと話した応接間だ。ソフィはすぐに部屋の扉を閉じ、窓のカーテンを塞《ふさ》いだ。本当はもっと安全な場所に跳びたかったが、外だとユーリに逃げられる可能性が高い。現状この部屋は、ソフィがこの時代で唯一知っている対話に適した場所だった。

ユーリはすぐに感知魔法を使って状況を把握した。

それから、ソフィを睨《にら》む。

「……転移魔法なんて使えたんだね」

「使えるようになったんですよ。貴女の時空魔法に巻き込まれたおかげで」

「へぇ、まあ原理は同じだしね。……経験するだけですぐ習得できるなんて、ソフィみたいな人を世間では天才って言うんだっけ？」

「話を聞いただけで習得できる貴女に言われても、嫌味にしか聞こえませんね。……時空魔法は私には使えそうにありませんよ」

「だろうね。あの魔法は多分、人間には厳しいよ」

人間には厳しいよ——。

その一言が、ソフィの心をチクリと刺す。

突き放されたような気分だった。——私はお前とは違う。魔族は人間とは違う。お前には理解できない。ユーリは言外にそう告げていた。

実際、転移魔法だって完全には習得できていない。

今のソフィの実力では、あらかじめ魔力でマーキングした位置にしか転移できない。時空を越えて見知らぬ土地まで転移してみせたユーリとは天地の差がある。

「ま、待て！」

転移魔法に巻き込まれた男が口を開いた。

勇者一行の魔法使い。確か、エリックと呼ばれていたか。

「どういう状況だ。お前たちは何者だ⁉」

その質問に答える前に、ソフィは人差し指を唇の前で立てた。

「ここは魔王城の中です。捕まりたくなかったら静かにしてください」

エリックは口を閉ざす。だが警戒心は解けていない。

そういえば変装中だったことを思い出し、ソフィは本来の姿に戻った。

「私はソフィ。人間です」

変装魔法を解いたソフィを見て、エリックは驚愕《きょうがく》する。

彼にも事情を説明しなくてはならないが……まずはユーリだ。話せるうちに話しておきたい。

「ユーリ、取引しましょう」

訝《いぶか》しむユーリの前で、ソフィは二本の指を立てた。

「貴女の目的は二つあるはずです。父親と会うこと。そして、父親を助けること」

ユーリは否定しない。その沈黙は肯定と受け取っていいだろう。

「前者を手伝います。代わりに、その間は勇者様たちを襲わないでください」

「……なにそれ。別に手伝ってもらわなくても、私一人でお父さんを探せばいいじゃん」

「本当にそう思っていますか？」

ユーリは黙った。

その様子を見て、ソフィは一瞬だけ躊躇《ちゅうちょ》する。

これは、天空城にいた時は敢えて伝えなかったことだ。しかし今のユーリなら精神的に成長しているし、何より頭を冷やすためにも教えていいだろう。

「天空城にいた時のことを思い出してください」

向き合いたくない現実を、突きつける結果になるかもしれないが……。

「今の貴女なら分かるでしょう。あれは正直……監禁です」

「……っ」

「つまり貴女は、魔王軍の何者かに敵意を持たれている可能性があります。迂闊《うかつ》に動いていい身分でないのは確かでしょう」

ユーリは唇を引き結んだ。

本人だって理解しているはずだ。だからこの部屋に来た直後、感知魔法で周囲に魔族たちがいることを確認しても助けを求めなかったのだ。

理由は知らないが、ユーリは本来ならあの城に監禁されるべき存在なのだ。

ユーリにとって、この城にいる魔族たちは敵か味方か分からない。

「でも、私だって変装魔法くらい使えるし……」

「変装魔法は教えましたけど、変装中の器用な立ち回りまでは教えていませんよ？　本当に貴女一人で動ける自信はありますか？」

「うっ」

ユーリは答えに詰まった。

見た目だけの変装なんて確実にボロが出る。

「ソ、ソフィだって、特別な訓練を受けたわけじゃないんでしょ？」

「確かに独学ですが、変装魔法は偶《たま》に使っているので慣れています」

こっそり煎餅《せんべい》を買いに行く時とか。

「潜入の手助け、本当に必要ありませんか？」

「……ぐぬ、ぬぬぬ……っ」

ユーリが悔しそうに唇を噛《か》む。

この様子なら条件を呑《の》むだろう。となれば、次はもう一人の魔法使いだ。

「エリックさん」

勇者の仲間である魔法使いは、警戒心を露わにしながらソフィを見た。

「話を聞いていましたね？　私たちは今から変装して、この城で情報収集します。貴方《あなた》にも協力してもらえませんか？」

「……そんなことをして、僕に何の意味がある」

「魔王城の情報は貴方にとっても必要なものではありませんか？」

エリックは押し黙った。

「事が済めば、勇者様のもとへ送り届けます」

それに——と、ソフィは心の中で呟《つぶや》く。

ユーリに見えない角度で、ソフィは魔力で宙に文字を描いた。

『協力してくれたら、魔王に勝つための魔法を教えます』

エリックは目を剥《む》く。

彼がこの条件を呑むことを、ソフィは確信していた。

魔法は進化している。戦時中にあらゆる理論が研究されたが、終戦後に更に多くの賢人たちが集結して、魔法という技術は一層洗練された。

未来の魔法使いであるソフィは、エリックにとって遥《はる》か高みにいる魔法使いに映っただろう。魔王を倒す正念場である今、新たな力があるとすれば貪欲《どんよく》に欲するに違いない。

「……いいだろう。一時停戦だ」

エリックはユーリを睨んで言った。

ユーリも問題ないらしい。

「ソフィ。一つ目的を追加して」

三人の利害関係を整理したところで、ユーリは言った。

「どうして私が天空城にいたのか……それを知りたい」

「……分かりました」

ソフィは首を縦に振る。

その答えは、ソフィも気になっていた。

◆

廊下を歩いていると、羽の生えた褐色肌の男とすれ違った。

「アザレア様。そちらのお二人は……？」

男はソフィの背後にいる二人の男女に視線を向ける。

変装魔法で魔族を装ったユーリとエリックだった。会話できないという特徴が好都合なので、二人ともゴースト族に変装してもらっている。しかし顔は適当に変えただけなので、見知らぬ者だと判断されるのは当然のことだった。

『臨時の従者』

「臨時……そうですか。以前の方々はもうお逝きになられたのですね」

戦時は環境の変化が忙《せわ》しなく、こういうこともよくあるのだろう。

男は特に疑うことなく頭を下げた。

『魔王様はどちらに？』

「分かりません。しかし恐らく、今もグリモスと何かをしているのでしょう」

『グリモス？』

「ええ、あのスケルトン族の男ですよ」

男は忌々しそうに続けて語る。

「魔族たるもの、己の力だけで戦うべき。そうは思いませんか？」

『思う』

「やはりそうですよね。アザレア様が同意してくださって安心しました。……魔王様は何を考えているのでしょうか。勇者どもがこの城に近づいてから、常にグリモスと共に行動しているようですが……あの男は、ちまちました武器の製造しかできない小物。あんな矮小《わいしょう》な男、今すぐにでも見限ってほしいものですな」

そう言って男は去った。

グリモスという男が結局どういう立場なのかは分からなかったが、あまり一人に対して質問攻めすると正体を勘づかれるリスクもあるので、ここは素直に会話を打ち切ることにした。グリモスという男は魔王の隣にいることが多いそうなので、恐らくそれなりに有名な魔族なのだろう。それなら他の者からも話は聞けるはずだ。

その後、ソフィたちはできるだけ気配を殺して城内を探索した。

（……この部屋、誰もいませんね）

扉の前で感知魔法を使う。

部屋の中に誰もいないことを確認したソフィは、ドアノブを回そうとした。しかし開かない。施錠されているようだ。

その時、エリックが無言でソフィの腕を突《つつ》いた。

エリックが視線で訴える。——開けられるぞ。

ソフィが頷《うなず》くと、エリックは鍵穴《かぎあな》に魔力を込めた。

解錠魔法だ。扉が開いた後、ソフィたちは周囲の視線を警戒しながら部屋の中に入る。

予想通り部屋の中は無人だった。内側から扉の鍵《かぎ》を閉めたソフィたちは、変装魔法を解除して一息つく。照明がなくて真っ暗だったので、ソフィは魔力で灯《あか》りを作った。

「流石《さすが》に、緊張するな」

エリックが額から垂れる冷や汗を拭《ぬぐ》って呟いた。

現状、この城の魔族たちと明確に敵対関係にあるのは、この中ではエリックのみだ。敵陣の中枢に潜り込んでいるこの状況は、彼にとっては千載一遇であると同時に危機一髪でもある。

「先程の解錠、素晴らしい技術でしたね。あんなにすぐ鍵を開けられるとは……」

「うちの連中は怪しげな扉や宝箱を見ると必ず開けたがるから、仕方なく習得したんだ。僕はこんな、こそ泥みたいな魔法を覚えるつもりはなかったのに……」

そんなに卑下しなくてもいいのに……。

しかし、勇者一行にもそんな腕白な一面があったのか。これは勇者伝説には記されていなかったエピソードだ。宰相が教育に悪いと判断して削除したのかもしれない。……あの男は勇者のファンなので渋々削除した姿が目に浮かぶ。

「罠《わな》の探知も並行しているんですか？」

「ああ。解錠前と解錠後にそれぞれ探知を挟むよう術式を自動化している」

言葉にすると簡単だが、技術的にはなかなか難しいことをしている。

ソフィは杖《つえ》を何度か振りながら試した。

「こんな感じですか？」

「……なんでそんな簡単に真似《まね》できるんだ」

「魔法の練習を自動化しているんですよ。いちいち自分の頭で試行錯誤すると時間がかかってしまうので、大体二十パターンくらい自動的に試すような術式を用意していて……」

「練習の自動化だと？　お、教えてくれ！　どうやってるんだ⁉」

「簡単ですよ。まず初期地点を設定して……」

休憩がてら、エリックに魔法の指導をする。

一方、ユーリはそんなソフィをじっと見つめていた。

「…………誰にでも教えるんだ」

ユーリが小さな声で呟いた。

「ユーリ、何か言いましたか？」

「別に」

そっぽを向くユーリに、ソフィは首を傾《かし》げる。

エリックへの指導が済んだところで、ソフィは改めて部屋を観察することにした。

「ここは……武器庫のようですね」

所狭しと並べられた棚の上には、幾つもの木箱が置いてあった。木箱の中には乱雑に武器が収納されている。剣や槍《やり》などの長物は、扉の近くにある大きな樽《たる》にまとめて立てられていた。

「武器庫にしては狭いな」

「予備とか、処分に困ったものを入れるための、物置みたいな使い方をしているようですね」

武器は扱いが危険なため、普通の物置に格納するのは憚《はばか》られたのだろう。ここは別途用意された武器専用の物置のようだ。

奥に向かうと、壁に張り紙が貼ってあった。


──魔光水晶の処理は兵装開発部が受け持ちます。

──魔王軍兵装開発部部長・グリモス。


「……手がかり発見ですね」

グリモスという魔族は、兵装開発部の部長らしい。

兵装開発部……文字通り、兵器を開発する部署だろうか。それなら廊下で会った魔族の話とも辻《つじ》褄《つま》が合う。魔族の中には己の力のみで戦うことを美徳としている者もいるらしい。そういう者たちにとって、武器の開発に心血を注ぐ者の気持ちは分からないのだろう。

進展があったことで安堵《あんど》すると、頭に重さを感じた。

ユーリやエリックの様子を見ると、同じように疲労していた。正体を隠して行動するのは神経を磨り減らす苦痛がある。

「そろそろ休みますか」

「休むと言っても、どこで……」

「転移魔法で城から出ます。またこの部屋に戻ってこられるよう、マーキングしておきましょう」

ついでに設置型の感知魔法をこの部屋に仕掛けておけば、城の外からいつでもこの部屋が無人かどうか確認できるため、魔族との遭遇も避けられる。原理は天空城に仕掛けられていた妨害魔法と同じだ。ソフィは木箱の底に、感知魔法の効果を持つ魔法陣を記した。

「では、外に出ましょうか」

ソフィは転移魔法を発動した。

◆

意外にも、最初に眠ったのはユーリだった。

ユーリの独断専行を警戒して、最悪の場合は夜通し監視するつもりだったが、その心配が杞憂《きゆう》に終わったことでソフィは肩の力を抜く。

ユーリは天才だ。その才能は魔法に関するものだけでなく、学問や世渡りなどあらゆる分野にも通じている。日中、ユーリはソフィの立ち回りを観察していた。恐らく今なら、一人でも変装魔法を駆使した潜入をやってのけるだろう。

だからこそソフィはユーリの脱走を警戒していたが、それ以上にユーリは疲れていたようだ。

時空魔法なんていう馬鹿げた魔法の使用もそうだが、よく考えれば自分が魔王の娘だと発覚したのもついさっきのことである。更に、天空城に監禁されていたかもしれない可能性……。

……こんな幼子に、背負いきれるものではない。

眠るユーリの顔つきは子供そのものだった。

ユーリが今、無理をしているのは明白だ。

「……結局、お前たちは何者なんだ」

対面に座るエリックが、ソフィを見つめた。

本物のアザレアが死んでいた場所から少し離れた位置に、ソフィたちは転移して簡単な拠点を作った。暗い闇に包まれているが、灯りを点《つ》ければ見つかってしまうかもしれない。逆に、闇に紛れさえすれば、このだだっ広い荒野でソフィたちが見つかることはほぼない。

「天才魔法使いの姉妹です。普段は山奥で暮らしています」

「天才……には違いないし、山暮らしというのも……有り得なくはないか」

エリックはやや自分に言い聞かせる様子で納得した。

「だが、姉妹ではないだろう。そっちの子供は……どう見ても魔族だ」

「ですが、魔王軍ではありませんよ」

エリックが気にしているのはそこだろう。

「じゃあ、なんで僕たちを襲ったんだ」

当然の疑問をエリックは口にした。

「……この子の家族が、魔王軍にいるんです」

眠るユーリを見つめながら、ソフィは言う。

「この子は家族に会いたいんですよ。だから……家族を失いたくなくて、貴方《あなた》たちを襲ったんだと思います」

エリックは視線を下に向けた。

多くの魔族にとって、勇者たちは仇《かたき》である。それは彼も重々承知しているだろう。

「そう、だよな。家族を失うのは、誰だって嫌だよな……」

エリックは酷《ひど》く辛《つら》そうな顔で言った。

「……天才魔法使いに、訊《き》きたいことがある」

絞り出したような声でエリックは続けた。

「家族か世界。一つしか選べないなら、君はどちらを選ぶ？」

即答できない質問だった。

だが、どれだけ時間をかけても答えられそうになかった。次第に質問の趣意は何だろうかと余計なことまで考えてしまうが、そちらも分からなかった。

沈黙するソフィにエリックは笑う。

その笑いは、自嘲《じちょう》に見えた。

「答えられないか。……僕もそうだ。いや、きっと誰にとってもそうなんだろう」

エリックは、頭を軽く掻《か》き毟《むし》った。

「この問いかけに直面したのは、僕じゃない。僕の友人なんだ。……そいつは世界の命運を握る男でね。皆の期待を一身に受けて、人類を勝利へ導くために戦っている奴《やつ》なんだ」

その友人が誰のことなのか、ソフィは察したが口は開かなかった。

「だがある日、そいつは二択を迫られた。家族か、世界か。……流石の彼も、この二択には答えられないようだった。そんな男に、僕がしてあげられることは一つしかなくて……」

エリックの声が震える。

「……僕は、その男に、家族のことを忘れさせたんだ」

力強い後悔と共に、エリックは言った。

「なあ天才。君が僕よりも優秀な魔法使いであることは分かっている。だから教えてくれ。……君ならどうした？　僕は……どうすればよかったと思う？」

闇が包む静寂に、エリックの懺悔《ざんげ》が響き渡る。

ああ、そうか……。

ここは、この時代は……勇者が最終決戦に臨む直前。

つまり——勇者が故郷の記憶を失った直後だ。

未来で勇者は言っていた。故郷を人質に取られて身動きできなくなった勇者は、仲間の魔法使いに記憶を消してもらうことで前進したのだと。

勇者の記憶を消した仲間こそが、目の前にいるエリックだったのだ。

闇夜の中で、エリックは静かに泣いていた。勇者とエリックは長い旅で掛け替えのない友情を築いたに違いない。だからこそ、エリックにとって勇者の記憶を消したことは裏切りに等しいのだろう。止めどない罪悪感が涙となって零《こぼ》れ落《お》ちていた。

「貴方が、勇者様に故郷を捨てさせたことは知っています」

「っ⁉ 何故《なぜ》、知って――」

「天才ですから」

エリックは疑いの目でソフィを見たが、やがて信じたのか沈黙した。

そういう魔法もあるかもしれない――そう思ったのだろう。

だが、その考えこそが危うい。

エリックは少し、魔法という力を過信しているように感じた。

「魔王軍が、勇者様の故郷を襲ったんですよね？」

「……ああ。奴ら、あろうことか最後の精鋭部隊をその作戦に投入したんだ。今の王国に、辺境の村を救う余力はない。……今頃、ロイドの故郷は焦土と化しているだろう」

そしてその事実を知らないのは、勇者ロイドのみ――。

勇者一行たちは見た目以上に窮地に立たされているのかもしれない。前に進むために勇者の記憶を消したはいいが、今度はそれを実行した仲間たちの心が苛《さいな》まれているわけだ。

アイリーン王女殿下は、魔王討伐の後、勇者の故郷を偽造するという大掛かりな行動に出た。今思えば、彼女はこの瞬間からずっと後ろめたさを感じていたのだろう。

「……貴方の行いが正しかったのかどうかは分かりません。ですが、一つ言えることがあります」

ソフィは、エリックを真《ま》っ直《す》ぐ見つめて言う。

「魔法使いにも、できないことはあります」

押し黙るエリックに、ソフィは語った。

「この力は、万能とは言いがたく……覚悟や努力が報われないこともある。だからこそ、人に寄り添うことを忘れちゃいけないと私は思っています」

「人に、寄り添う……？」

ソフィは頷《うなず》く。

「私はやはり、貴方の行動が正しいかどうかは分かりません。ですが、エリックさんが勇者様のことを大切に思っているその気持ちは、きっと正しいはずです」

魔法だけで全てが解決できるほど、世の中は甘くない。

それはソフィが仕事の中で培ってきた価値観でもあった。本来、引っ越しという仕事に魔法は必要ではない。だからこそソフィは引っ越し屋という仕事に惹《ひ》かれた。魔法の才能だけでは決して成し遂げられない、人の気持ちに寄り添うことの尊さに魅了されて……。

エリックだって、他に手段があれば勇者の記憶を犠牲になんてしなかっただろう。

どうしようもなかったのだ。無力だったのだ。……その無力を避けることはできない。たとえどれだけ血の滲《にじ》むような努力をしても、できないことは必ず存在するのだから。

そんな非情な運命の中でも、エリックはきっと大切なものだけは失っていなかった。

エリックを責められるわけがない。

だって彼は、こうして今も、勇者のために涙を流せるのだから——。

「勇者様も、貴方のことは恨んでいませんよ。私が保証します」

そう告げるソフィの声は真に迫っていた。……何故か、気休めの一言には聞こえない。エリックはソフィの言葉を聞いて、自分が安堵していることに微かな困惑を覚えた。

「……まるで、見てきたかのように言うんだな」

実際に見てきた。

エリックは知らない。だがソフィは知っている。

記憶を取り戻した勇者は、仲間の悪口を一言も口にしなかった。彼はそういう男なのだ。

何故なら、勇者もまた、エリックがこういう男であることを知っている。

「ありがとう。……気持ちが楽になった」

エリックは涙を止めた。

どうやら、立ち直ることができたらしい。

「………ねえ」

その時、小さな声が聞こえた。

「今の話……ほんと？」

ユーリが身体を起こす。

いつから起きていたのだろうか。

闇に慣れてきたソフィの目には、ユーリの顔がよく見えた。酷く焦燥したその顔つきは、まるで泣きじゃくる寸前の子供のようだった。

「故郷を、襲撃って…………お父さんは、そんなことを……？」

父の非道さを知ったユーリは、震えた声で訊いた。

いくら戦争に勝つためとはいえ、無辜《むこ》の民を襲うのは血も涙もない行為だ。ユーリは魔王の娘だが、その仕打ちの惨《むご》さに絶望する正常な心の持ち主だった。

不吉な予感が湧く。

ユーリにとって、魔王は……救いにならないかもしれない。

◆

翌日。昨日、発見した武器庫に転移したソフィたちは、再び魔王城を探索した。

「兵装開発部ですか？　それなら地下にありますが……」

アザレアの変装は大いに役立った。四天王という立場は、それ以外の魔族にとって畏怖《いふ》するべき対象なのだろう。城内ですれ違った魔族たちは、どんな質問にも律儀に答えてくれる。

昨日、魔王がグリモスという男と共にいると聞いたため、今日はそのグリモスの居場所を探ることにした。グリモスが部長を務める兵装開発部は城の地下にあるらしい。

城内を歩くと、地下へ続く階段を発見したので下りる。

地上と比べ、地下の景色は殺風景だった。飾り気のない廊下を歩きながら、感知魔法を駆使して調査できそうな部屋を探す。

「……気づいたか？」

エリックが小さな声で訊いた。

ソフィは首を縦に振る。

「地下に来てから、セキュリティが一段階上がりましたね。一般的な解錠魔法では通用しません」

感知魔法で無人の部屋を発見した。だが閉じられた扉に分析魔法をかけると、特殊な鍵《かぎ》を使わないと開けられないことが判明する。

魔法の鍵で施錠されているようだ。魔法の鍵には実体がないため、鍵穴《かぎあな》が存在しない。

扉に、特定の魔力を流すことで開くような仕組みである。

「だが……僕たちなら問題ない」

エリックが扉に杖《つえ》をあて、目を閉じた。

集中したエリックが扉に魔力を流すと、魔法の鍵が解除される。エリックの解錠魔法は、魔法の鍵にも対応していた。

今ならソフィにも同じことができるし、ユーリもきっとできる。

扉の先にある部屋は二階の応接間と同じくらいの広さだったが、紙束が至るところに積み上げられているせいでこぢんまりとした雰囲気に感じた。

「ここは……研究室か？」

「そのようですね」

長机の上に積み上げられた書類に目を通し、ソフィは肯定する。

様々な兵器の企画書が散らばっていた。どうやら魔王軍の兵器はこの一室で生み出されていたらしい。さしずめ、ここは魔王軍の頭脳といったところか。

だが、書類の表面には薄く埃《ほこり》が溜《た》まっていた。この部屋は長いこと放置されてるようだ。戦争が激化したことで、兵器を開発する局面は終わり、運用に専念する時期になったのだろう。

「なんだ、これは……っ⁉」

近くにあった書類を手に取ったエリックは、その内容を読んで戦慄《せんりつ》した。

「魔族は、こんなものを開発していたのか⁉　もし、これが戦場に投入されていたら……っ」

書類を持つエリックの手が震える。

気持ちは分かる。ソフィも驚愕《きょうがく》した。ここにある兵器の企画書は、いずれも実現すれば戦況を覆しかねないほどの恐ろしいものばかりだった。

「……幸いだったのは、大部分の計画が頓挫《とんざ》していることですね」

書類のほとんどに、不採用の判が押されている。

床に落ちているメモ書きに、ここで働いていた魔族の愚痴が殴り書きされていた。――脳味噌《のうみそ》まで筋肉でできた時代遅れの魔族に、我々の叡智《えいち》は理解できない。そんなことが書かれている。

不採用の原因は、内部の者たちによる反対のようだ。それも、実用性より伝統を優先された形の反対。……なんとも虚しい結末だが、人類側からすると助かったとしか言いようがない。

魔族も一枚岩じゃないな、なんて思いながらソフィは引き出しの中にあった書類を手に取った。

――反射的に、書類を背中に隠した。

これは、見せるべきかどうか考える時間がほしい。

「ソフィ」

悩む暇は与えられなかった。

ユーリが、真顔でソフィを睨《にら》む。

「今、何を隠したの？」

「ユーリ……」

「見せて」

諦念《ていねん》の溜息《ためいき》を零し、ソフィは隠した書類を机の上に置いた。


——広域殲滅《せんめつ》型魔力砲台の考案。


物騒な題名だった。

そして、その下に……見覚えのある設計図が描かれている。

コンセプトは、人類の主要国家に大打撃を与えられる兵器の開発。超長距離砲撃を可能とする魔力砲台と、高性能の照準器を組み合わせれば実現可能となるそうだ。ただし射角の都合上、この兵器は地上に設置しては運用が困難であるため、空中に浮遊させることが前提となるらしい。

巨大な砲台を設置すれば、当然、敵はその破壊を計画する。その対策として、砲台を要塞《ようさい》で囲って守ることも提案されていた。侵入を阻む結界、結界を突破されても自動で迎撃してくれる魔物の配置、更には敵の魔法を封じるための妨害の用意。

奇しくも、その形状は要塞というより、城の形に近くなり……。

ソフィは改めて、書類の一ページ目を見る。

そこに刻まれた「採用」の二文字を見て、思わず瞼《まぶた》を閉じた。

間違いない。これは……天空城だ。

「……ソフィは、知ってたの？」

ユーリは静かに問いかけた。

この資料を見て、ソフィがそこまで驚いていないことがユーリは気になったのだろう。

「……予想はしていました」

ソフィは、自らが冷静でいられる理由を語る。

「切っ掛けは、天空城にあったあの球体です。あれは、地上にある各大陸の主要国家、およびその都市の様子を確認できるものでした」

ユーリは首を縦に振った。

ここまでは認識を共有できている。

「最初は私も気づきませんでした。でも、ある日ふと疑問に思ったんです。……どうして一つだけ抜けているんだろう、と」

ユーリは微かに眉《まゆ》を顰《ひそ》めた。

やはりユーリは気づいていない。

ソフィは、人差し指を床に向ける。

「ここが……この魔王城だけが、球体に載ってなかったんですよ」

ユーリは目を見開いた。

聡《さと》い彼女なら、今の一言だけで全てを理解できたかもしれないが……ここまで話した以上、変な誤解があっても困るため、最後まで説明させてもらう。

「ここは魔族にとって主要国家です。規模は小さいですが、似たような規模の都市が球体で確認できたことを考えると、この土地だけが省かれているのは不自然に感じました」

ここで一つの可能性が思い浮かぶ。

戦争が終わり、魔王城が消滅した後に球体が開発されたのではないか？

それなら球体で魔王城が確認できないことにも説明がつく。

だが、その説の現実味は低い。

「戦争が終わってから球体が開発された可能性についても考えました。しかし、ユーリは知らないかもしれませんが……五十年後のこの地は人間の都市になっています。つまり、どのみちこの土地が球体に載っていないのは変な話なんです」

ユーリは沈黙していた。

もう理解しているはずだ。ソフィがこれから話すことを……。

「そこで一つの仮説が立ちました。……あの球体は、魔王城で造られたものかもしれない」

虚飾が剥《は》がれ落ちる。

明かされていく真相は……求めたものとは限らない。

「あの球体は、各国の様子を監視する道具とも言えます。であれば、自分たちの様子を監視しても意味はありませんからね。魔王城だけが省かれていることにも説明がつきます」

あの球体には軍事的価値がある。

各国の主要都市の様子を自由に確認できる道具。……あんなものが戦争で使われたら大いに役立つだろう。そう考えたら、あの球体は戦争に勝つために開発された道具にしか思えなくなった。

「この仮説なら、私たちが暮らしていたあの王都が一番大きなマークで表示されていたことについても説明できるんです。……私たちの国は、勇者様の母国ですからね。魔王軍にとっては最大のターゲットだったのでしょう」

実際、勇者の故郷は襲撃を受けている。もしかすると、あの球体の機能を使って勇者の故郷を襲撃する計画が立てられたのかもしれない。

要するに————あの球体は、照準器だったわけだ。

これから破壊する標的を映し出すための兵器だったわけだ。

この仮説があったから、ソフィは天空城を脱出した直後、目の前の光景を見て思ったのだ。

ああ……やはり……っ!!

やはり天空城は、王国を攻撃できる位置にあったか……!!

この時点で、仮説はほぼ正解であることにソフィは気づいた。

だがそれをユーリに伝えるのは憚《はばか》られた。

ユーリにとってあの球体は孤独を癒やすための大切な道具だったのだ。この仮説を伝えると、そんなユーリの思い出を汚すことにならないか不安だった。

しかし、今のユーリは純粋さよりも利口さが勝っている。

あの日——ソフィの前で泣きじゃくった瞬間から、ユーリは子供の自分と決別した。

幼さを否定した今、もう答えを知らずにはいられないのだろう。たとえその答えが、求めていないものだったとしても——。

ユーリは物凄《ものすご》い速度で成長している。

皮肉にも、そのせいで……辛《つら》い現実が次々と浮き彫りになっている。

ユーリは何も言わなくなった。傍らで話を聞いていたエリックも、空気を読んでか黙々と部屋の中を調査している。……彼も、ソフィたちの正体に薄々気づき始めただろう。

張り詰めた空気の中、唐突に天井から無数の足音が聞こえた。

地上で、何かが起きているようだ。

「騒がしいな」

「……何かあったのかもしれません。一度地上に戻りましょう」

一言も喋《しゃべ》らないユーリの手を引いて、ソフィたちは階段を駆け上がった。

一階に戻ってきたソフィたちの前を、武装した魔族たちが横切る。彼らは慌てて廊下を走っていた。……城の外に向かっているのだろうか？

「アザレア様！」

立ち尽くしていると、魔族の男が慌てた様子で駆け寄ってきた。

『何があった?』

「沼地の砦《とりで》にて、ドイル様の部隊が勇者一行と交戦中です！　詳細は不明ですが、ドイル様は今が好機だと判断し、召集令を発しました！　アザレア様もご助力ください！」

手短に状況説明した魔族の男は、すぐに走り出して外へ向かった。

好機の理由は分かっている。

ここに、勇者の仲間であるエリックがいるからだ。

魔族たちにとって、今この瞬間はまたとない絶好の機会なのだろう。最後の拠点まで追い詰められた魔族たちは内心でこの戦況に絶望していたはずだ。だからこそドイルも部下の士気が下がることを過敏に懸念してソフィの処分すら検討した。しかし今、ようやく魔族の未来に光明が差したわけだ。彼らの焦りと興奮は手に取るように分かる。

アザレアの変装をしている以上、流石《さすが》にこの状況で城内に留まっているのは不自然か。転移魔法で一度外に逃げるか悩んでいると、ユーリが急に城の外へ向かって走り出した。

「ユーリ⁉」

城の外に出たユーリは、飛行魔法を発動して空へ飛び立った。

あの方角……恐らく沼地の砦に向かっている。

落ち着いている暇はなかった。ユーリだけではない。エリックも仲間たちのことが気が気でない様子だ。ソフィは短い時間で最大限悩み抜いた末、行動を起こす。

「エリックさん、ついて来てください！」

ソフィたちもすぐ城の外に出た。

素早く感知魔法を発動すると、遥《はる》か遠くにユーリの魔力を感じた。——速すぎる。同じ飛行魔法ではもう追いつけない。

こんなことなら、砦にも転移魔法のマーキングを仕掛けておくべきだった。

ソフィは使い魔を召喚した。巨大なミミックが目の前に出現し、エリックが驚愕する。城への潜入はまだ続けたいためこのタイミングで目立つのは避けたかったが、今はユーリを止めることが最優先だ。この騒ぎに乗じることで、大事にならないことを願う。

宝箱の中から、ジュエル・ドラゴンが飛び出る。

変装魔法を解いたソフィはすぐにドラゴンの背に乗った。まだ混乱しているエリックを、浮遊魔法で引き寄せる。

「今から貴方《あなた》を勇者様のもとへ送り届けます」

ドラゴンの背に乗って変装を解いたエリックに、ソフィは告げた。

「ただし、その前に——ユーリを捕まえます」

ジュエル・ドラゴンが沼地の砦に向かって飛行する。

一つの仕事につき、一つの宝石。ソフィとジュエル・ドラゴンの間には、そういう暗黙の了解があった。問題は、この宝石愛好家であるドラゴンを満足させる宝石がなかなか見つからないことだが、それは現代に戻ってから考えることにする。

「……あの少女を捕まえて、どうするつもりだ」

強烈な風圧に目を細めながら、エリックは尋ねる。

どうやってユーリを止めるのか。

ソフィにできることは一つしかない。

「捕まえて……説得しますっ！」

ジュエル・ドラゴンが最高速度に達した。目にも留まらぬ速度で雲を突き抜けながら、ソフィは感知魔法でユーリとの距離が縮まっていることを確認する。

時空魔法を使えるユーリなら、転移魔法で沼地の砦まで移動することができたはずだ。なのに敢えて飛行魔法で勇者のもとへ向かった理由は――力の温存しかない。

今度こそ、ユーリは勇者を葬ろうとしている。

己の中に巣食った迷いを、強引に振り払って――。

「――ユーリ‼」

拘束魔法でユーリの動きを止める。

ユーリはすぐにソフィの魔法を破壊したが、その隙にソフィはユーリの腕を掴《つか》んだ。

「はなして」

「はなしません」

ユーリの全身から魔力が溢《あふ》れ出す。

「ソフィなら分かるでしょ？　――もう私は止められないって」

周りの空間が陽炎《かげろう》のように歪《ゆが》んでいた。

次元が違う――。

そう感じてしまうほどの、圧倒的な魔力がユーリから放たれている。

（また、魔力が増えてる……っ）

なんなんだ、この体質は。

もはや技術とかそういう領域ではない。今のユーリなら、適当な魔法のゴリ押しだけでもソフィを圧倒できるだろう。

人智を超えた力を持つユーリと対峙《たいじ》して、ソフィは冷や汗を垂らした。

どうすれば、この子を止められる？

次の瞬間には消し飛ばされるかもしれなかった。あと僅《わず》かでもこの少女の機嫌を損なえば、辺り一帯ごと消し炭にされるかもしれなかった。

それでも――ユーリの腕だけははなさない。

だから、困惑しているのはユーリの方だった。

「……はなしてよ」

掠《かす》れた声でユーリがそう告げた時、ソフィは見た。

ユーリの瞳《ひとみ》の奥が、揺れていることを。

ああ、そうだ。

そうだった……。

この子は、どんなに強い力を持っていても……まだ子供だった。

「ユーリ‼　貴女《あなた》に人類を滅ぼせますか⁉」

「っ⁉」

その腕を強く握り締めながら、ソフィは言う。

「貴女は本当に、人類を滅ぼせるんですか⁉」

ユーリが今やろうとしていることを、改めて突きつける。

勇者を倒すとはそういうことだ。魔族が勝ち、人類が負ける。

終戦後、魔族に人類を許す慈悲があるとは限らない。なにせ勇者の故郷を襲撃し、天空城という数多《あまた》の都市を破壊するような兵器を開発するくらいである。ユーリの行動次第で、人類の絶滅は絵空事ではなくなる。

「う、うるさい！　だって、そうしなきゃ私のお父さんが――っ‼」

「貴女は魔王じゃありません！」

たとえ魔王が人類を滅ぼそうとしていても、ユーリは違う。

そう確信したソフィは、ユーリの腕をはなした。

「貴女に……魔王の真似事《まねごと》は無理です」

返す言葉が見つからないのか、ユーリは視線を彷徨《さまよ》わせる。

ほら……やっぱり思った通りだ。

こうして手を離しても、ユーリは逃げない。

彼女は、ソフィの言葉を待っている。

道に迷った子供のように。

「あの空に浮かぶ城で、ユーリはいつも地上の様子を見ていましたね。貴女は最初、目を輝かせながら私にこう言ったんですよ？　――ここに行きたい、と」

「あ……」

かつての感情を思い出したユーリが、小さな声を零《こぼ》す。

その感情は決して捨てたわけではないだろう。まだ彼女の奥底で、か弱く灯《とも》っているはずだ。

「貴女は、貴女が憧《あこが》れた全てを壊してもいいんですか？」

地上に対する憧れは、まだ失われていないはずだ。

短い期間とはいえユーリは王都で楽しそうに過ごしていた。ならば、もう知っているだろう。あの街で生きる人々の営みを。彼らのユーリに対する優しさを。

「貴女に……彼らを滅ぼせますか？」

ずっと見てきた地上の景色。

ずっと焦《こ》がれてきた、王都の住民たちの優しさ。

空に浮かぶ城で、孤独だったユーリを支えてくれたのは彼らに他ならない。ソフィと出会うよりもずっと前から、ユーリは彼らと共に生きてきた。

頭の中で、幾度となく空想しただろう。

もし、自分がこの街で暮らすなら、何をしようか――。

ずっと、その空想を心の拠り所にしてきたはずだ。

「…………でき、ない」

ユーリはぽろぽろと涙を流した。

「できないよぉ……………………っ‼」

零れ落ちた涙が、風の中で散っていった。

人の気持ちは一つじゃない。今、ユーリの胸中では、王都での日々を愛する気持ちと、父親を助けたいという気持ちが激しく鬩《せめ》ぎ合っていた。

ユーリが転移魔法で砦に向かわなかった理由は、勇者との戦いに備えて力を温存したいからだと思っていた。けれど今、そうじゃなかったのかもしれないとソフィは思う。

止めてほしかったのではないだろうか。

叱ってほしかったのではないだろうか——。

涙を流すユーリの身体から、不意に力が抜けた。飛行魔法が解け、その小柄が落下する。

「ユーリ⁉」

ソフィは慌ててユーリを受け止めた。

腕の中で、ユーリは目を腫《は》らしたまま眠っている。

その全身から、異様な熱が放出されていた。

（熱の原因は……角？）

熱源は角のようだった。この角から膨大な魔力を感じる。

まるで小型の爆弾だ。ユーリの身体は今、爆弾の暴発を防ぐために必死に耐えようと抵抗している。持て余した魔力に肉体の方が耐え切れず、悲鳴を上げている状態だ。

ジュエル・ドラゴンが、ぐるると小さく鳴いた。

微かに冷静さを取り戻したソフィは、状況を俯瞰《ふかん》してやるべきことを決める。

「エリックさんは、今のうちに勇者様と合流してください」

沼地の砦《とりで》はもう目と鼻の先だ。ここからなら、自力で移動できるだろう。

だが、エリックはソフィを見た。

「……お前たちはどうするつもりだ」

エリックの目に、初めて会った時に感じた警戒の色はない。

純粋に心配してくれるエリックに、ソフィは腕の中で眠るユーリを一瞥《いちべつ》して答えた。

「もう少し魔王城で調査を続けます。……まだ、この子の目的は叶《かな》えられていませんから」

ここ数日の調査で新たな情報は幾つも手に入ったが、真相はまだ明らかになっていない。

ユーリはまだ父親と会えていないし、ユーリが天空城にいた理由もまだ不明だ。勇者を倒すことは諦《あきら》めたユーリだが、この二つはまだ叶えたいだろう。

「約束通り、エリックさんには魔王に勝つための魔法を教えます」

エリックの表情が強張る。

ソフィは、その顔を真《ま》っ直《す》ぐ見て言った。

「貴方たちは勝ちます」

短い言葉だけを伝えたソフィに、エリックは目を見張る。

「それだけか……？」

「私たちがどこから来たのか、薄々察しているでしょう？」

エリックは口を閉じた。

ソフィたちがどこから来たのかを知っているなら、今の言葉の意味も分かったはずだ。

「もう一つ、お伝えできることがあります」

本来、これを伝えるつもりはなかったが……。

今の彼には必要なものだと思い、ソフィは告げた。

「勇者様は大丈夫です。いずれ、彼は帰るべき場所を見つけます」

たとえそれが本物の故郷でなかったとしても、勇者は故郷のように愛せる土地を見つける。自分が救った人たちと共に、慎ましく、穏やかな余生を過ごすのだ。

ソフィはその姿を見てきた。

「…………そうか」

エリックは、静かに笑った。

まるで憑《つ》き物《もの》が落ちたような表情だった。……彼はこんなに柔らかい顔つきをしていたのか。最後の最後で、ソフィはエリックの素顔を見た。

「最後に、君のことを教えてくれないか」

エリックの問いに、ソフィは微笑む。

「私はソフィ。魔法使いの引っ越し屋です」

「引っ越し屋……？」

ソフィは「ええ」と頷《うなず》き、眠るユーリを優しく見つめた。

「今は、この子の引っ越しを手伝っている最中です」

◆

友の大切なものを壊した後、自らの死期を悟った。

ああ……僕は、この戦争が終わったら死ぬんだろうな。

耐えられなかった。たった一人で人類の命運を握る友の、唯一の心の拠り所をこの手で壊してしまったのだ。……あまりにも酷な話だ。彼は皆のために命を賭《と》して戦っているのに、彼が大切にしているものは失われてしまったのだ。

この罪悪感に、耐えられる自信はない。

魔王を倒すためにも、今ここで死ぬわけにはいかなかった。だが魔王を倒して、世界が平和になって、自分がいなくても平気になった時、ひっそりと姿を消そうと思っていた。

あの魔法使いと出会うまでは。

最初は天賦の才を持つ魔法使いとしか思っていなかった。一体今までどこにこんな才能の塊が眠っていたのだと複雑に思うこともあった。

彼女たちがどこから来たのか、なんとなく勘づいてからもその認識は変わらなかった。

たとえ、時の経過に伴い魔法が進化したとしても、彼女の魔法の腕は努力の賜物であることが窺《うかが》えた。勇者を支える仲間として、旅の道中も汗水垂らして努力してきた自分にとって、それは共感と尊敬を同時に得られるような経験だった。

だから、あの夜に彼女と話して、素直に救われた。

魔法使いにもできないことはある。あれほどの腕を持つ彼女が言うからこそ、その非情な現実は受け入れやすかった。

勇者の記憶を消した後、何かもっといい手段はなかったのか、何万回も自問自答した。だがそれは、傲慢《ごうまん》だったのかもしれない。自分は所詮《しょせん》、魔法使いである以前にただの人。手段を選ぶ余裕なんて、どちらかと言えばないことばかりだったはずだ。

そして、別れ際に少女は更なる贈り物をくれた。

たった二つの言葉に過ぎないその贈り物は——今、エリックの心を力強く支えていた。

「エリック！」

砦に向かうと、豪快な男がエリックに気づいた。

男は斧《おの》を振り回して、迫り来る魔族たちを薙《な》ぎ倒《たお》している。勇者一行の戦士は、些《いささ》か不器用なところはあるが、戦場ではこの上なく頼もしい。

「すまない、遅れた」

「どこに行ってたんだ⁉」

「訳あって魔王城に潜入していた」

「はぁ⁉」

その分、有益な情報は持って帰ったつもりだ。魔王城の構造は一通り頭に入っている。

ただ、詳しく説明する余裕はなさそうだった。疑問の声を上げた戦士は、肉薄してきた魔族の槍《やり》を紙一重で避《よ》け、斧を振り下ろす。

「エリック、戻ってきたか」

剣を握った青年に声をかけられた。

「ロイド、身体の調子はどうだ？」

「完治したよ。まあ、この分だとまたすぐに怪我しそうだけど」

押し寄せる魔族たちを見て、ロイドは言う。

その目は、無数の敵を前にしているには、あまりにも穏やかだった。青年を突き動かすのは憎しみでもなく嫌悪感でもない。無辜《むこ》の民を救うという使命感だ。

出会った頃から、その双眸《そうぼう》に優しさを灯していた男だった。その優しさを宿したまま、剣を握って戦う彼の姿に興味を引かれ、いつしか共に旅をするようになっていた。

「どれだけ怪我をしても、私が必ず治します」

「はは、じゃあ安心だな」

後方にいる治癒魔法の使い手アイリーンに声をかけられ、ロイドは笑った。

最初は「怪我をするな」と言っていたはずだ。しかし旅が終わりに近づくにつれ、そうも言っていられない状況になった。

何度でも治す。

それしか言えないことに、きっと彼女は負い目を感じている。

失った記憶は、治せないくせに——。

アイリーンの強い口調の裏には、そういう己を呪う声が隠されていた。もうこれ以上は、勇者に何も失わせない。そんな決意が滲《にじ》み出《で》ている。

「アイリーン」

エリックはアイリーンに近づいた。

勇者の記憶を消すという決断は、他ならぬ勇者自身が提案し、最終的に仲間もそれに賛成したことで決行された。だからエリックだけでなく、仲間たち全員が当事者として責任を感じている。

エリックは知っていた。勇者の記憶を消した日から、アイリーンが夜な夜な吐いていることに。

アイリーンが勇者に向けている気持ちも察している。その胸の痛みは、ひょっとしたら記憶を消した下手人であるエリックよりも辛《つら》いものなのかもしれない。

だからエリックは、自らの心に宿るものを彼女にも分け与えたいと思った。

「大丈夫だ」

エリックは力強く断言する。

あの、引っ越し屋のように——。

「ロイドは、大丈夫だ」

何故《なぜ》だろう。

何故か分からないが、きっと勇者を救ったのは、あの少女なんだろうなと思った。

——貴方《あなた》たちは勝ちます。

時を越えた少女が残した言葉は、祝福となってエリックの心を照らした。

恐れが消える。人類の命運を握る重圧から解き放たれ、友に対する後ろめたさも戦いに集中できるくらいには落ち着いていた。

杖《つえ》を取り出し、魔王軍たちを睨《にら》む。

構えた杖が震えていないのは、久々のことだった。

「……なるほど」

確かにこれは、魔王に勝つための魔法だ。

◆

窓の外を眺めていると、背後のベッドから衣擦れの音がした。

「目が覚めましたか」

ベッドの上でユーリが上半身を起こしている。

半日ほど眠っていたユーリは、まだ熱が抜けきっていない紅潮した顔で周りを見た。

「ここは……」

「魔王城の中です。今は外の方が危険なので」

ユーリが立ち上がり、ソフィの隣まで来る。

窓の外では、勇者一行と魔王軍が激しく戦っていた。巻き起こった砂塵《さじん》が、次の瞬間には爆撃で吹き飛んでいく。

「……そろそろ、この戦争も終局を迎えそうですね」

魔族たちは戦場に駆り出されているため、城の中はもぬけの殻に近かった。そのおかげでユーリをベッドのある部屋で休ませることができた。偶《たま》に感知魔法で魔族の接近を警戒しているが、問題なさそうなのでこうして変装もせずに過ごしている。

戦場で誰よりも目立っているのは、やはり勇者ロイドだった。光り輝く剣の一振りが、数十人の魔族を吹き飛ばす。旅立ったばかりの頃は剣術も拙かったそうだが、今や雑兵程度では一瞬も足止めできないほどの強さに成長していた。

勇者の傍らにはエリックがいる。無事に戦線復帰できたらしい。

心なしか、初めて会った時と比べて、エリックの目からは迷いが消えているように見える。

「……ねえ。なんでソフィは、一緒にこの時代までついて来てくれたの？」

ユーリは戦場の様子を見ながら、ソフィに訊《き》いた。

「そうですね……仕事をするためです」

「仕事？」

ユーリはきょとんと首を傾《かし》げる。

「ユーリ、今の貴女《あなた》には二つの選択肢があります。一つは、この時代で家族と再会し、一緒に暮らす。もう一つは、私と元の時代に戻り、あの街で暮らす。……どちらを選んでも構いません。貴女がここで生きたいと望むのであれば、私はその手伝いをしましょう」

ソフィは自信満々に告げた。

引っ越し屋の役割は、人が居場所を変えようとする時に手伝うこと。だからユーリがこの時代で生きたいと願うなら、それを手伝うのがソフィの仕事だ。

「ふふっ」

ユーリは思わず噴き出した。

「ソフィって、仕事人間だよね」

「当然です」

ソフィは胸を張って言う。

「私は、この引っ越し屋という仕事が、誰かを支えるためにあると信じていますから」

ソフィはこれまでにこなしてきた色んな仕事を思い出した。勇者、神獣、図書館、ダンジョン……最近は個性的な仕事が多かった。ここまできたら時を越えた引っ越しだってやってみせよう。

「……時空魔法、私しか使えないのに？」

「そこは手伝ってもらいます」

堂々と答えるソフィに、ユーリはクスクスと笑った。

「…………ありがと」

ユーリはソフィの胸に顔を埋《うず》める。

ユーリの頭から生えた角が、こつんとソフィの頬に触れた。

（……また、魔力が増えてる）

爆弾は今もそこにある。

ユーリが今、動いても無事なのは、肉体がその負荷に慣れたからだろう。だが魔力がこのまま増え続けるなら、肉体はいつか必ず限界を迎える。

その限界はきっと遠くない。

しばらくすると、ユーリはソフィから一歩離れた。……もう大丈夫なようだ。

「調査は続けますか？」

「……うん」

ユーリは小さく頷《うなず》いた。

「私が魔王の娘だって思い出した時、いくつか記憶を取り戻したけどまだ断片的なの。……私、知りたい。どうしてあの城にいたのか……お父さんが、どんな姿をしているのか」

ユーリは、遠慮がちにソフィを見た。

「どこで暮らすかは……その後で決めてもいいかな？」

「勿論《もちろん》です」

ソフィは杖を取り出す。

「では、行きましょうか」

念のため変装魔法を使用して、自身とユーリを魔族の姿に変える。

部屋を出て、ソフィは地下に向かった。ユーリもついて来る。

「魔王の居場所には見当がついています。地下の一番奥にある部屋……あそこからずっと、膨大な魔力を感じるんです」

初めて地下に下りた時も、ずっとその反応があった。

四天王のドイルを軽く凌《しの》ぐその魔力量……本物のアザレアが既に死んでいる今、その魔力の持ち主は一人しかいないだろう。

地下に下りた直後、ユーリがごくりと唾《つば》を飲んだ。

もうすぐ、父親と会える。

感動的な再会になるとは限らない。それはユーリも承知の上だろう。

それでも知らなきゃ前に進めない。だからユーリは歩き出した。

（……私は、魔王がどういう存在なのかを知らない）

勇者と魔王の戦争は、種族同士の確執が原因であって、善悪がはっきり分かれていたとは思えない。ただ、勇者の故郷を容赦なく襲った魔王の残虐性は疑いようがないだろう。

そんな魔王にも、娘はいる。

魔王も娘の前では穏やかに笑うかもしれない。それなら……きっとユーリは幸せになれる。

戦争の結末はできれば変えたくないが、ユーリと魔王を匿《かくま》うくらいならできるはずだ。いざとなれば危険を顧みない覚悟が必要だ。ソフィは気合を入れた。

殺風景な地下の廊下を、息を殺して進む。一歩進むごとに鼓動が大きくなっていった。荒くなった自分の呼吸がやけに騒がしく聞こえる。

目当ての部屋の前に到着した。

ソフィが音を立てずに扉を開く。微かに開いた扉の隙間から、部屋の中が見えた。

広い部屋が、大量の機器で埋め尽くされていた。床が見えないくらいケーブルが張り巡らされており、壁際の棚には見たことのない液体が容器に詰められて並べられている。

窮屈な部屋には、二人の魔族がいた。

「あれが……」

一人は白衣を着た骸骨《がいこつ》。恐らく彼がグリモスだろう。

もう一人は、黒衣を纏《まと》った大きな男。ソフィが感じた膨大な魔力の持ち主はこの男だった。

その男の頭からは、ユーリと同じように角が生えている。

「…………お父さん」

あれが、魔王──。

一目見て、全身の肌が粟立《あわだ》った。

あれは……勝てない。絶対に勝てない。迸《ほとばし》る魔力の性質を見ればすぐに分かった。あれは殺戮《さつりく》の化身だ。王というよりも、破壊のためだけに魔法を磨いてきた求道者のように見えた。

勇者はこれを倒したのか……。

なるほど、それは紛《まご》うことなき英雄だ。

「砲台の完成度はどうだ？」

魔王がグリモスに問いかけた。

砲台と言うと……あの天空城のことか。

「九割九分といったところですな。辛《かろ》うじて、戦争に間に合いそうです」

「いや、間に合わん。この城はもうじき落ちるだろう」

魔王は、特に焦ることもなく淡々と告げた。

「だが、お前が開発したこの砲台さえ完成すれば、全てを覆せる。……砲台が起動した後はもう戦争ではない。魔族による一方的な蹂躙《じゅうりん》だ」

「ははっ、違いないですな」

グリモスが笑う。骸骨の歯がカチカチと音を立てていた。

その時、ピー――という音が部屋の中から聞こえた。こちらの存在に気づかれたかと思いソフィは警戒するが、魔王たちにその様子はない。

「おや。最後のパーツも、ようやく調整が終わったようです」

グリモスが歩いて移動する。

「――っ」

その先にあったものを見て、ユーリは息を呑《の》んだ。

ソフィも、あまりの光景に愕然《がくぜん》とする。

――ずっと気になっていた。

どうして、どこにもいないのだろう？

これだけ魔王城を歩いているのに……この時代のユーリと一度も遭遇していない。

遭遇どころか、ユーリに関する話すら聞かないなんて、不自然だとは思っていた。

角の生えた魔族についてドイルに尋ねても、彼は魔王のことしか知らないようだった。――そんなことがあるだろうか？　四天王と言えば魔王の側近だ。その彼が、魔王の娘について何も知らないなんて、あまりにもおかしな話だ。

その疑問の答えは、今、発覚した。

グリモスが歩いた先には、ガラス張りの培養槽が置かれていた。

この時代のユーリは――その中にいた。

今よりもずっと幼い、多分三歳くらいのユーリだ。まだ言葉すら覚束《おぼつか》ない年頃の、遠目に見れば赤子と見紛うほどの小さなその身体が、培養槽の中でぷかぷかと浮いていた。

「これが、動力になるわけか」

「ええ。後はこれを砲台と接続すれば完成です」

動力。魔王が発した一言に、ユーリがびくりと肩を震わせる。

あの二人にとって、ユーリは……天空城の動力だった。

納得してしまった己の脳をソフィは憎たらしく感じた。ユーリが内包する、異常と言っても過言ではない莫大《ばくだい》な魔力、それには役割があったのだ。天空城を動かすという役割が――。

「しかし驚きましたよ。動力の部品に、大量の魔力を蓄えられる魔族が欲しいと言ったら、まさか魔王様から直々に提供していただけることになるとは」

「お前の作りたいものに興味が湧いたからな。存外、役に立っているようで何よりだ」

「母親の方は反対されなかったのですかな？」

「したさ。だから殺した。非情なところが気に入っていたんだがな。子を産んだ瞬間に聞き分けの悪い女に成り下がった。……今思えば、あの女もお前に渡すべきだったか」

ユーリの記憶になかった母親は、とうの昔に葬られていたらしい。

「魔王様、一点だけご注意ください。こちらの動力が保《も》つのは最長でも二年になります」

グリモスが、培養槽の中で眠るユーリを見て言う。

「動力として満足に機能させるために、自動的に魔力を吸収する体質に改造したのですが、その副作用でいずれ肉体が耐えきれず破裂してしまうのです」

「対策はできなかったのか？」

「申し訳ございません、戦争に間に合わせることを優先しましたので。……起動するまでは体質を抑制できますので、直前までは眠らせておきましょう」

魔王は少し思案した後、鼻で笑った。

「所詮《しょせん》は消耗品だ。必要とあらば、替えを用意すればいい」

「仰る通りです。人類を殲滅《せんめつ》した後、取りかかります」

どこまでも、もの扱いだった。

この部屋の中に、ユーリという存在を重んじる者はいない。

生みの親である男は、培養槽で眠るユーリを見る。その目には愛も優しさもなく、これから誕生するであろう殺戮兵器への期待だけが蠢《うごめ》いていた。

「しかし、流石《さすが》は魔王様の血を継いだ子供。一般的な魔族の十倍以上も魔力を蓄えられるとは。おかげで開発も楽に進みました」

「ははっ、そうだろう?」

魔王は培養槽の表面に触れ、笑みを浮かべる。


「——自慢の娘だ」


パキリ、と音がしたような気がした。

多分、グリモスが床に転がっている機材を踏んだ音だ。しかしソフィには、その音が——ユーリの胸から聞こえたように感じた。

少女の心が、へし折れたことが分かった。

自慢の娘。——その台詞《せりふ》は、天空城でユーリが口にしていたものだ。幼い頃、父親にそう言われた気がすると、ユーリは嬉《うれ》しそうに語っていた。

きっと、ユーリが父親に会いたいと思った切っ掛けそのものである。

だが、まさかその台詞が、こんな形で言われたものだったなんて……。

ソフィはユーリの顔を見ることができなかった。

ただ意味もなく、拳《こぶし》を強く握り締めることしかできなかった。

魔王という男がどういう存在なのかを理解する。

あれは——倒すべきだ。

倒すべき巨悪だ。

「では早速、砲台のもとへ運びましょう。ハーピィ族の部隊をお借りしても？」

「ああ、好きにするといい」

グリモスが扉の方に近づいてきたので、ソフィは慌ててユーリの腕を引いて地上に向かった。

城の中が騒がしい。もしかすると、勇者一行が遂にこの城まで乗り込んできたのかもしれない。

「ソフィ」

手を引かれるままだったユーリが、小さな声を発する。

「もういい。……外に出よ？」

俯《うつむ》きながらそう告げたユーリに、ソフィは何も言えず、杖《つえ》を取り出して転移魔法を発動した。

この城で知りたいことは全て知った。これ以上、潜入を続ける必要はない。

時を越えた旅は終わったのだ。……最悪の形で。

一瞬の浮遊感の後、ソフィたちは城の外に出ていた。

ユーリはまだ顔を伏せている。

「……ごめんね、ソフィ。私、傲慢《ごうまん》だった」

顔を上げたユーリは、泣きながら笑っていた。

「この戦争では……滅ぶべきものが、滅ぶだけなんだね」

「ユーリ……っ」

少女の背後では、魔王城が戦火に飲まれつつあった。

ユーリは親の寵愛《ちようあい》を信じ、彼らを助けるために時を越えてきたはずだ。けれど、今の彼女にはもう守るべきものがない。父からの愛情は偽物で、その父も巨悪そのものだった。

もう笑うしかないのだろう。

涙を零《こぼ》しながら笑うユーリは、次の瞬間、その場で倒れた。

「ユーリ⁉」

倒れたユーリを抱えながら、分析魔法を使う。

角に魔力が集中していた。いよいよ肉体が耐えられなくなってきたようだ。

この体質の答えも先程判明した。グリモスが言っていた、魔力を吸収する改造である。

天空城を起動しなければ、この体質は始まらないとグリモスは言っていた。だが未来では、あの悍《おぞ》ましい兵器が猛威を振るったという形跡はない。

（……まさか）

ソフィは一つの可能性に思い至った。

天空城の動力として改造を施されたユーリ。その起動が、魔力の放出だとすれば――。

「私が、魔法を教えたせいで……」

「……違う」

絞り出した否定の声が聞こえた。

「ソフィ……勘違いしちゃ、駄目だよ？　魔法は……私が教えてって、頼んだの……」

熱に浮かされるようにユーリは言った。

勘違いなわけがない。ユーリは、魔法を使った瞬間にその体質が覚醒《かくせい》してしまったのだ。

魔力の吸収量は時を経るごとに増えている。グリモスは保って二年と言っていたが、それは予定通りに天空城が起動した場合の話だ。現実には、天空城は起動されることなく、ユーリは長らく眠っていた。そして、本来自力で目を覚ますことのなかったユーリは、独りぼっちの空の上で目を覚ましてしまった。恐らく、グリモスがユーリの目覚めと成長を止めるために用いていた、薬か何かの効果が切れたのだろう。

その時点で天空城は――ユーリは、本来の機能とズレてしまった。

長い間、眠っているだけでも肉体に負荷があったのかもしれない。

少なくとも、今のユーリがもう一年生きられるとは、とても思えなかった。

「遅かれ早かれ、こうなってたと思う……それなら、ソフィに会えただけでも幸せかな……」

「ユーリ！　そんなこと言わないでください！」

吐息が熱い。喋《しゃべ》るだけでもかなり無理していることが分かる。

何もかもを諦《あきら》めたように語るユーリに、ソフィは必死に頭を回転させた。

何かあるはずだ。

きっと何かあるはずだ。

何かを探して視線を左右に動かした。しかしこの荒野には、呆《あき》れるほど砂と岩しかない。

砂塵《さじん》が舞い、ソフィは目元を腕で守る。

大きな影が近くに下りてきた。

「ジュエル・ドラゴン……？」

そういえば、ユーリを追うために緊急で召喚したままだった。

またミミックの中に入れなくてはならないと思ったソフィは、ジュエル・ドラゴンが何かを咥《くわ》えていることに気づく。

大きな、青い水晶だった。

戦場のどさくさに紛れて、魔王城の保管庫から奪ってきたのだろうか？

その水晶を見て、ソフィは――一年前のことを思い出した。

「あ……あぁ……………………っ」

繋《つな》がった。全ての辻褄《つじつま》が合った。

忘れていた点と、目の前の点が重なって、真相が浮かび上がる。

確かに、それならユーリを死なせずに済む。

だが、代わりに――。

「……っ」

苦悶《くもん》の表情を浮かべるユーリを見て、ソフィは決意した。

やるしかない。

もう……これしか残された手段はないのだ。

◆

薄闇の中で、ユーリは目を覚ました。

「……ソフィ？」

ユーリの声が聞こえ、ソフィは振り返る。

「起きましたか」

「うん。……私、よくソフィの前で眠っちゃうね」

「そうですね」

ソフィは微笑した。

「天空城にいた時から、ずっとそんな感じでしたよ」

「知ってる。だって、ソフィが傍《そば》にいると安心するんだもん」

嬉しいことを言ってくれる。

ユーリの純粋で真《ま》っ直《す》ぐな信頼が、ソフィの胸に届いた。

「ここは？」

ユーリが辺りを見渡す。

四方を土の壁に囲まれた空間だった。光源はソフィが用意した魔法の灯《あか》りのみ。ソフィはその灯りを大きくして、景色が見えやすいようにする。

「ここは、暗球回廊《あんきゅうかいろう》というダンジョンです」

「ダンジョン？　へ〜、初めて来た」

ユーリは好奇の視線で辺りの観察を始めた。

残念ながら、ここには何もない。

ここは暗球回廊の中だが、厳密にはその中でソフィが土を掘って勝手に作った、新しい部屋である。ソフィはダンジョンの中で魔法を用い、球状の巨大な部屋を作ったのだ。

未来で、シャロンという学者が「何かあるはず」と言っていた、暗球回廊の中心部である。

「ユーリ、あなたを助ける方法が一つだけあります」

ソフィはユーリの顔を見つめて言った。

「ユーリの体質は、魔力を勝手に吸収してしまうというものです。しかし、それなら吸収した量に負けないくらい常に魔力を消費すればいいんですよ」

ユーリは頷《うなず》いた。しかし、不安げにソフィを見る。

「でも私、今の不安定な状態で魔法を使うと……多分、それだけで爆発しちゃうと思う」

「分かっています」

爆発が何を意味するかも、分かっている。

そんなことは絶対にさせない。

「なので、これを使います」

ソフィは傍らに設置した、青い水晶を見せる。

「魔光水晶という、魔力を蓄積できる鉱石です」

ユーリは興味深そうに水晶を見つめた。

「ここに私が、ある魔法の術式を刻みました。……さあ、ユーリ。この水晶に魔力を流してみてください。そのくらいなら平気ですね？」

「……うん」

ユーリは取り敢えず言われた通りに水晶に触れ、魔力を注いだ。

「え……うわっ!?　何これ、どんどん吸われていく!?」

「ええ。何せここに刻んだのは、最上位の魔法と言われるものですからね。発動に必要な魔力は時空魔法すら超えます」

「そんな凄《すご》い魔法があるの!?」

ソフィは頷いた。

系統としては、造形魔法に近い。その上位互換と言ってもいいだろう。

魔法使いの終着点。時空魔法を含む、全ての魔法の原点とすら言われているその魔法は――。

「――創世魔法」

ふわり、と魔力が周囲に広がった。

丁度、ソフィが作った地下空間が発動の範囲に指定される。

「ソフィ！　この魔法は何ができるの⁉」

「これはですね……」

水晶に触れながら、ソフィは杖を構えた。

ユーリはキラキラとした目をこちらに向けている。

まるで、天空城で魔法を教えていた時みたいだ。

「こんなふうに……考えたもの全てを生み出せます」

ソフィが杖を振った。

ポン、と軽快な音と共に、ソフィたちの前に豪華な馬車が現れた。王族や貴族が乗るような上品な幌馬車《ほろばしゃ》だ。荷台を引く馬の毛並みも整っている。

とても、魔法で造られたようには思えない精巧な見た目だ。

ソフィがまた杖を振る。

ポン、と軽快な音と共に、今度は大きな城が現れた。ソフィたちが住んでいた王都にあるような白亜の城だ。どう考えてもこの地下には入りきらないサイズだが、創世魔法は空間をねじ曲げ、現実の物理法則を無視できる。ソフィの意思次第で、この空間は無限に広げることができた。

「凄い……っ！」

杖をたった一振りするだけで現れた、馬車と城。

それらを前に、ユーリは一層目を輝かせた。

「凄いよ、ソフィ！　こんな魔法があるなんて‼」

ユーリの興奮が手に取るように分かった。

天才的な学習能力を誇るユーリでも、流石《さすが》に創世魔法の仕組みを見ただけでは理解できないようだった。

だからこそ、純粋に楽しめる。

あの頃のユーリが戻ってきたような気がした。

ただ物を浮かせるだけで、無邪気に笑っていたあの頃のユーリ……。

純真で、無垢《むく》で、辛《つら》い現実を知らない、幼い頃のユーリが……戻ってきた。

「ユーリ！　貴女《あなた》が好きなものは何ですか⁉　何でも出しますよ！」

水晶にはみるみる魔力が溜《た》まっていった。

これだけ魔力があれば――なんでも創ることができる。

「じゃあ、王都みたいな街！」

ソフィが杖《つえ》を振った。

城の周りに城下町ができる。露店が並ぶ石畳の道を、最初に生み出した馬車がカラカラと車輪の音を鳴らしながら進み出した。

「美味《おい》しいご飯！」

露店から様々な料理の香りが漂い出した。

「綺麗《きれい》な花畑！」

城下町の端に、色取り取りの花畑が現れた。

「青い空！　白い雲！」

ついでに眩《まぶ》しい太陽も、出してみせた。

晴れ渡る空を見ていると、気分も明るくなってくる。

「それと——たくさんの友達！」

ソフィは杖を振った。

城下町にたくさんの人が現れた。散歩している老夫婦、遊んでいる子供たち、デート中の若い男女に、勤務先に向かう青年。

人々の営みが、そこにはあった。

「あははっ‼　見て、ソフィ‼　私、今、とっても楽しいよ‼」

ユーリが街の子供たちと手を繋いで遊んでいた。

その純粋な笑顔を見て、ソフィは胸の辺りを押さえる。

心臓に杭《くい》を打ち込まれるような、強烈な罪悪感が心を蝕《むしば》んだ。

あとは——。

あとは、この世界を閉じれば————終わりだ。

数刻前。魔王城の近くで倒れたユーリは、程なくして気を失った。ソフィは気絶したユーリを抱えながら、ジュエル・ドラゴンに乗って暗球回廊まで移動した。

シャロンの話によると、暗球回廊が発見されたのは当時の五十年前。……予想していた通り、この時代の暗球回廊は辛《かろ》うじて未発見の状態で、中に人が通った痕跡《こんせき》は一つもなかった。

手早く暗球回廊の最深部に到達したソフィは、そこに魔光水晶を設置し、創世魔法を発動するための広大な空間を掘った。魔法の効果を最大化する都合上、部屋の形は球状にした。……少し経《た》ってから、このダンジョンの暗球回廊という名称の由来はこれだったのかと自覚する。シャロンたちが「きっと何かある」と言っていた球状の部屋は、ソフィが生み出したものだった。

万物を創造できる創世魔法。この魔法は、発動時は勿論《もちろん》、創造した物体の維持にも大量の魔力を消費する。城、街、空、太陽……これだけ大規模なものを維持するには、ユーリの魔力を常に吸収し続けなければならないはずだ。

ソフィは水晶に触れ、内部の魔力量を確かめる。

ユーリから流れてくる魔力量と、創世魔法で消費している魔力量が、丁度釣り合っていた。

これならユーリが破裂することはない。

水晶に、ユーリから自動的に魔力を吸い上げる仕掛けを施す。こうすればユーリが意識しなくても創世魔法は勝手に維持されるだろう。

あとは……この世界を封印魔法で閉じればいい。

創世魔法を維持しているとはいえ、それでもユーリの魔力は絶大だった。このままだと創世魔法の範囲がどんどん拡大されていき、現実世界を侵食してしまう。

だから封印魔法で蓋《ふた》をする。

蓋をして…………ユーリを、この世界に閉じ込める。

「ユーリ……っ」

色取り取りの花に囲まれて幸せそうに笑うユーリを見て、ソフィの目尻《めじり》に涙が溜まった。

もはやユーリの身体は時空魔法の負荷に耐えられない。元の時代に戻るのは不可能だし、戻ったところで他の策があるわけでもない。

これしかない。

これしかないのだ……。

だが……こんなこと、どう伝えればいい？

全てを失ったばかりの少女に、ずっとここにいてくれと頼むなんてソフィにはできなかった。独りぼっちから解放されたばかりの少女に、また独りになってくれなんて誰が言える。

……泣いてはいけない。

本当に辛いのは、ユーリなのだから。

「ソフィ！　ありがとう！」

花畑で小鳥と戯れていたユーリが、こちらを振り返る。

青空のように清々しい笑顔で、ユーリは告げた。

「私はこの世界で生きていくね‼」

花びらが風に舞い、ユーリの長い髪がなびいた。

美しく、幻想的な光景を前にして……ソフィの瞳《ひとみ》から涙が垂れる。

ユーリは気づいていた。

ユーリは全部察していた。

自分がこの世界に、閉じ込められることを……。

「あ……」

堪《こら》えていた感情が溢《あふ》れ出す。

ソフィは両手で顔を隠した。しかし指の隙間から涙が零《こぼ》れ落《お》ちる。

「ユーリ……ごめんなさい……っ」

全てを受け入れてくれたユーリに、ソフィは嗚咽《おえつ》を抑えきれなかった。

ユーリは、既に自分がこの世界で生きていくしかないことを悟っていたのだ。その上で、あんな眩《まぶ》しい笑顔を浮かべていた。

この子は強い。

なのに、自分は……っ。

「ごめんなさい、ごめんなさい、ごめんなさい…………っ」

己の無力を強く呪った。これほど力不足を痛感したのは初めてだった。

——魔法使いにも、できないことはあります。

少し前に口にした言葉が、自分のもとへ返ってくる。

この力は、万能とは言いがたく、覚悟や努力が報われないこともある。……つくづくその通りだとソフィは思った。

今の自分にできることは、精々この世界を快適にすることくらい。

だが、いくらそんなことしたって……ユーリは救われない。

「泣かないで、ソフィ」

ユーリはソフィに近づき、優しく声をかけた。

「大丈夫だよ。ソフィが精一杯頑張ってくれたこと、全部分かってるから」

どうして許せるのか、ソフィには分からなかった。

ユーリには世界を憎悪する権利がある。その身に宿る人智を超えた魔力で、この世界を滅ぼしたっていいのだ。彼女の生き様を知りさえすれば、きっと誰もが滅ぼされても納得する。

それでも、ユーリは恨まない道を選んだ。

誰も呪わずに、一人で抱え込む生涯を受け入れた。

「……貴女を一人にはしません」

涙を拭《ぬぐ》って、ソフィは言う。

「私もこの中に残ります。……ここで一緒に暮らしましょう」

魔法使いにはできないこともある。

だから、せめて人に寄り添うことだけはやめてはならない。

己の信条を思い出し、決意したソフィだが……。

「それは駄目だよ」

ユーリは首を横に振った。

「天空城にいる時、それだけは駄目って学んだの。……ソフィには、待ってくれる人たちがたくさんいるでしょ？　これ以上、あの人たちを悲しませちゃ駄目だよ」

そうだった……。

ユーリは天空城でそれを学んで、子供を卒業すると誓ったのだ。

「ソフィのおかげで身体が楽になったから、今なら時空魔法が使えると思う。私は負荷に耐えられなそうだから厳しいけど、ソフィ一人を元の時代に帰すくらいなら余裕だよ」

だから――ここでお別れしないとね。

言外に伝えられたユーリの想《おも》いに、ソフィは何も言えずただ唇を震わせた。

「あ、でも、これだけは許してね」

ユーリが魔光水晶に触れ、何かをした。

何をしたのかは調べなくても分かる。……転移魔法の罠《わな》を仕掛けたのだろう。

大事なことだ。思えば、その罠があったからソフィとユーリは邂逅《かいこう》したのだ。

ソフィは水晶に向かって封印魔法を発動する。創世魔法の際限なき拡大を防ぐために、この世界を現実世界と完全に隔離した。

封印が完成すると、今度はユーリが杖を構え、魔力を練り上げる。

色取り取りの花びらが宙に舞い、街にいた人たちが注目するように集まってきた。

時空魔法が、発動されようとしている。

「ユーリ！　私は絶対に諦《あきら》めません！」

ソフィは本気でここに残って、最期までユーリに寄り添うつもりだった。

だが、それができないなら――。

「何十年、何百年経っても、絶対に貴女を外に出してみせます！」

まだその方法は分からない。

けれど、いつか必ず……ユーリを外に連れ出す。

彼女を独りのままで終わらせはしない！

「うん…………‼」

ユーリは両目から涙を流し、頷《うなず》いた。

「ずっと……待ってるから……っ‼」

浮遊感が身体を包む。

大丈夫だ。これは一時の別れだ。

いつか必ずまた会える。

そう強く願い――ソフィは時を渡った。

◆

浮遊感が収まってすぐに瞼《まぶた》を開いたソフィは、ここが魔法図書館であると察した。

見覚えのある引っ越し後の図書館。周りには驚いた様子でソフィを見る人々がいた。彼らが立つ図書館の床には、大量の本が散らばっている。まるで嵐にでも遭ったかのような光景だ。

なるほど。どうやら今は、ユーリがこの図書館で時空魔法を発動した直後らしい。ユーリはかなり正確に時間を指定してソフィを現代に帰してくれたようだ。周りからすれば、ソフィが一瞬だけ消えて、またすぐに現れたように見えただろう。

だがここに、先程まで傍《そば》にいたユーリの姿はない。

ユーリは今も……暗球回廊《あんきゆうかいろう》の中心部にいる。

ソフィは天空城に転移した時のことを思い出した。暗球回廊の最深部にあるクリスタル、あれに触れて転移魔法の罠が起動したことが切っ掛けだったはずだ。

あの時、ソフィは不思議な声を聞いた。

——ごめんね。水晶、壊しちゃって。

今思えば、あれはユーリの声だった。

成長した後のユーリの声だったから、天空城で初めてユーリと話した時は気づかなかったのだ。

となれば、暗球回廊で問題視されていた魔力生命体の正体についても見当がつく。まるで子供がスケッチブックに描いたような生き物だと思っていたが……多分あれは、ユーリが創世魔法で生み出した生物なのだろう。ソフィの予想は当たらずとも遠からずといったところだった。

魔光水晶に封印魔法を施したのはソフィだ。だがその封印が解け、創世魔法が暗球回廊に漏れ出てしまったことが全ての始まりである。ソフィは過去で、自身にできる最高の封印魔法をかけたつもりだった。あれでも完全に封印できないなら、はっきり言ってお手上げである。……再び封印してくれたシャロンには改めて感謝しなければならない。

「ソフィ？　無事ですの……？」

フランシェスカが、心配そうにこちらを見る。

無事だ。……たった一人の少女が、自己犠牲を選んでくれたおかげで。

ソフィは静かに息を吐いた。

胸に宿る決意は、時を越えても健在だ。

「フランシェスカ」

「な、なんですの？」

ソフィの顔がいつになく真剣なものに見えたのか、フランシェスカは動揺した。

ソフィは深々と頭を下げる。

「人生を懸けるほどの、大きな仕事が入りました。……きっと私一人では達成できません。ですから、どうかお願いします。協力してください」

フランシェスカは何が何だか分からず目をぱちくりとさせた。

だが彼女は、ソフィの親友を自称する金髪縦ロールの魔法使い。

「よく分かりませんが、お任せくださいまし！」

内容も聞かずに堂々と胸を張ったフランシェスカに、ソフィは思わず笑ってしまった。

緊張が解《ほぐ》れ、気が抜ける。

元の時代に帰ってきたことを、ソフィはようやく実感した。

◆

ユーリの救出にどれほどの月日を要するかは、誰も分からなかった。

フランシェスカに詳細を相談すると、非常に申し訳なさそうな顔で「わたくし一人では足りませんわね」と人手不足を嘆かれたため、ソフィは片っ端から知り合いに連絡し、協力を要請した。

シャロンたち学者は、暗球回廊の最深部を引き続き調査すると約束してくれた。勇者は再び魔王城があった土地に向かい、ユーリや天空城の資料が残ってないか探してみると言ってくれた。フランシェスカたち宮廷魔導師は、役に立ちそうな魔法の開発に着手してくれている。

だが、いずれもユーリを救う手立てに繋《つな》がるかどうかは定かではない。

ソフィたちは、ゴールが見えない努力を続けるしかなかった。

ある日のこと。

ソフィがシャロンから調査の進捗《しんちょく》を聞いている時、店の扉が開いた。

カランコロンとベルの音を響かせ、店に入ってきたのは、見覚えのある線の細い男だった。

「あら、貴方《あなた》は……」

「えっと、久しぶり。覚えているかな？」

彼は一年前に、王都の集合住宅への引っ越しを依頼してきた学者である。浮遊魔法で荷物を届けたところ、彼に大層驚かれたことを覚えていた。

一年前は慣れない土地での生活に不安を感じてそうだったが、今は顔色が明るい。王都での暮らしを満喫しているようで何よりだ、とソフィが思っていると、

「あれ？　リッターさん？」

「え？　シャロン？」

シャロンと青年が、顔を見合わせて驚く。

「二人とも、お知り合いなんですか？」

「はい！　同僚です！」

シャロンが元気よく肯定する。

そういえばリッターの職業も学者だった。職場が近そうなイメージはあったが、まさか同僚だったとは。世間は狭い。

リッターはソフィたちがいるカウンター前まで近づき、ソフィを見た。

「君が造ってくれた花、今も大切にしているよ」

「……それは造った甲斐《かい》がありました」

新生活を前に不安そうだった彼に、ソフィは造形魔法で一輪の花をプレゼントした。定期的に魔力を込めなければ消滅してしまうものだが、この様子だと今も手入れしてくれているのだろう。

「それで、リッターさん。今日は何のご用件で？」

「うーん……それが僕もよく分からなくて」

首を傾《かし》げるソフィの前で、リッターは背負っている鞄《かばん》を下ろし、中を漁《あさ》った。

「今日は、祖父の伝言を守るためにここへ来たんだ。王都の中で、かつてない魔力の高まりを感じたら、これを魔法使いの引っ越し屋へ渡すようにって言われてて……」

リッターは鞄から紙束を取り出し、カウンターに置いた。

「これは……」

「実を言えば、君に引っ越しを依頼した切っ掛けもこの伝言でね。ただ、両親の代で色々あったらしくて、僕らは長らく王都を離れてしまったから……ひょっとしたら伝言通りのタイミングはもう過ぎているかもしれないけど、念のため渡しておくよ」

抽象的な伝言だったから、今渡すべきなのかどうかも悩んだよ……とリッターは苦笑した。リッターが王都に来たのは一年前だから、確かにそれ以前に魔力の高まりがあれば伝言のタイミングは間違っていることになる。しかしソフィの記憶ではそんなもの今までなかったはずだ。

時空魔法の発動。……恐らく、魔力の高まりというのが指しているのはそれだ。

ソフィは渡された書類に軽く目を通す。

「リッターさん。これを書いた貴方のお祖父《じい》さんは、もう……？」

「……うん、亡くなっている」

既に墓があるため分かってはいたが、できればもう一度、会いたかった。

リッターが届けてくれたものは――エリックの手紙だった。

彼はエリックの孫だったようだ。……言われてみれば眉《まゆ》と鼻の形がよく似ている。真面目《まじめ》そうな顔立ちは、祖父の代から受け継いだものらしい。

エリックはこの手紙に、ソフィたちと別れた後の行動について書いていた。

ソフィたちと共に魔王城へ潜入し、天空城の危険性を知ったエリックは、勇者が四天王ドイルと戦っている隙にグリモスを倒したらしい。そして、彼が持っていた天空城を起動する鍵《かぎ》を壊したとか。天空城が起動しなかったのはエリックのおかげだったようだ。

それから、エリックは平和になった世界で穏やかに過ごしつつ、ソフィたちの直面していた問題を自分なりに解決できないか考えたらしい。

まずエリックは、ユーリが魔力を抱えすぎる体質であると仮定し、それに対する解決策を幾つも検討した。手紙の三枚目以降は全てその資料だった。

全部仮定だから不要かもしれないけどね——そんなメモ書きを見て、ソフィは思わず感嘆の息を零《こぼ》す。流石《さすが》は勇者と共に世界を救った魔法使い。その仮定は完璧《かんぺき》に的中しており、資料の中身はソフィが今まさに欲しかったものばかりだった。

だが、それでも手紙の最後は謝罪で締め括られていた。


『もしこの仮定が正しければ、僕の残した資料も大して役には立たないだろう。

申し訳ない。僕の知識では、根本的な解決には至れなかった。

あの少女を救うには、君の時代から計算しても、とても長い時間が必要になると思う。

それでも、君ならできると信じているよ。

君は、勇者と共にこの世界を救った、五人目の仲間なのだから』

買い被《かぶ》られているなぁ、とソフィは思った。

魔王を倒すための魔法は、思ったよりも効果を発揮してくれたようだ。エリックの感謝が文章から伝わってくる。

「何か困ってるなら、僕も力になれないかな？」

ソフィと一緒にエリックの手紙を読んだリッターは、意を決した様子で訊《き》いた。

——ユーリは、一つだけ勘違いしている。

待ってくれる人たちがたくさんいるのは、ソフィだけではない。

ユーリにもいるのだ。

フランシェスカ、ルイス、アル、シャロン、ジン、ダリウス、勇者……一度でもユーリと会ったことがある人は、ユーリの救出にすぐ協力を誓ってくれた。

ユーリは愛されていた。

皆に愛されるような、優しい子だった。

だから、一度も会ったことがない人ですら、ユーリを助けるために行動してくれる。ユーリとは直接の繋がりがなくても、親や友から意志を受け継いで協力してくれる人が山ほどいる。

「ええ。是非、お願いします」

繋がる。ユーリを中心に、人と人が手を取り合って協力していく。

この流れを、自分の実力だと思ってはならない。

これは、ユーリの力だ。

「あの子の引っ越しに、協力してください」

王都にはこんな噂が流れていた。

魔法使いの引っ越し屋。そこに行けば、どんな人でも素敵な旅立ちにしてもらえる――。

誰が流し始めた噂かは知らないが、その通りだ。

ソフィは、ユーリの素敵な旅立ちのために、仲間たちと共に藻掻《もが》く。

何年も――。

何十年も――。

エピローグ

ある日、世界が割れた。

魔法使いの引っ越し屋が創ってくれた理想的な世界で、角の生えた銀髪の少女はのんびり日向《ひなた》ぼっこをしていた。しかしある日、唐突に世界の境界に亀裂が走った。

何が起きたんだろう？　少女は首を傾げながら、亀裂の方へ向かう。

すると亀裂の向こうから、にょきっと手が伸びてきた。

よく分からないが、試しにその手を握ってみると——力強く引っ張られた。

「うわ、本当にいた」

手を引いていたのは、赤髪の少年だった。

空が眩《まぶ》しい。この光は……本物だ。

本物の青空が広がっていた。

「えっと、ユーリであってるか？」

「あ、うん、そうだよ」

「……なんで歳取ってねぇんだ？」

「ソフィが助けてくれるって言ったから、それまで生きとかないとな〜って」

時空魔法を応用して老化を止めていただけだが、これを説明すると長くなるので割愛する。

ユーリはこの赤髪の少年に見覚えがあった。

王都でも会ったことがあるはずだ。確か、その名前は……。

「アル君だっけ？」

「違う」

少年は首を横に振る。

「エルだ。アルは俺の曾祖父《ひいじい》ちゃん」

「……曾祖父ちゃん」

その言葉の意味を理解するまで、少し時間を要した。

「そっか。そんなに時間が経《た》ったんだね」

「ああ。アンタが封印されてから百五十年が経っている」

「百五十年かぁ……」

ソフィが元々生きていた時代から数えても、百年は経っているわけだ。

ということは、ソフィは……。

「そいつは婆さんが作ったものだ」

エルはユーリの手首を指さした。

いつの間にか、細いブレスレットがつけられている。

「勝手につけさせてもらった。そいつがあれば、アンタの体質を防げる」

「え……あれ、ほんとだ⁉　全然苦しくない⁉」

外に出ると同時に、魔光水晶との接続が切れたようだった。

だが、前みたいに魔力の蓄積は起きない。

「あんまり詳しくは知らねぇけど、そのブレスレットの中で無限に魔力を吸収する空間を作ってるんだってさ。一度その技術を巡って戦争が起きかけたから、扱いには注意してくれ」

「……とんでもないものを作ったんだね」

分析魔法を使っても、仕組みが全く分からなかった。

この百年、ソフィは相当努力したのだろう。ブレスレットに施された魔法は、ユーリには到底真《ま》似《ね》できない極めて高度なものだった。

「で、どうする？」

エルは唐突に問いかける。

「時空魔法を使って過去に行くか？　今なら全部なかったことにできるぞ」

確かに、このブレスレットがある今なら何の心配もなく過去へ跳べる。

過去でソフィと再会して、一緒に過ごすことだってできる。

でも……。

「……ううん、それはしないでおく」

ユーリは手首に巻いたブレスレットを見つめた。

「それをしちゃうと、ソフィの頑張りまでなかったことになっちゃうから」

そう言うと、エルはほんの少し目を丸くして驚いた。

「……ソフィ婆さんの言う通りになったな」

「え？」

「なんでもない。まあ実際、時空魔法はもう使えねぇんだけどな」

エルは後ろ髪をがしがしと掻《か》きながら説明した。

「あの魔法、この時代だと法律で禁止されてるんだよ。魔法が進歩したことで、時空魔法を使える奴《やつ》がちらほら現れるようになって、そのせいで……なんだっけ？　タイムパラなんとかっていう現象が頻発して、世界が危ないんだと」

そんなことがあったのか。

この百年で魔法も随分発展したらしい。

「色々変わったんだね」

「九割くらいソフィ婆さんの影響だけどな。あの人、一人で魔法の文明を千年くらい先に進めたって言われてるよ」

「まあソフィならそのくらいするかもね」

当たり前のように受け入れたユーリに、エルは呆《あき》れた表情を浮かべた。

「じゃあ、王都へ行くぞ」

「王都に？」

「アンタの家がある。ソフィ婆さんが用意したやつだ」

そこまで用意してくれたらしい。

しかし理由はすぐに分かった。ソフィは最初から、ユーリの居場所にこだわっていた。

「……過去から未来への引っ越し、完了だね」

エルについて行くと、不思議な物体があった。

鋼の箱に、車輪を取り付けたような形だ。なんとなく乗り物のようだが……。

「え、何これ？」

「魔導車両。最新式だぜ」

エルが上機嫌に「乗りな」と言うと、魔導車両の扉が開いた。

ユーリが座席に腰を下ろすと、隣に座るエルが黒いハンドルを握った。

魔導車両が走り出す。馬車よりも速く、快適だった。

「アンタ、これからどうするんだ？」

未来の技術に感動する暇もなく、エルが訊いてきた。

ユーリは、移りゆく窓の景色を眺めながら考えた。

「引っ越し屋になるよ」

「即答だな」

「百年以上、考えていたからね。……だって、ソフィがあんなに楽しそうに話すんだもん。私もやってみたくなっちゃった」

天空城で過ごしていた時にソフィから聞いた話を、ユーリは今でも覚えている。

引っ越し屋は出会いと別れを紡ぐ仕事。何を残し、何を捨て、何と出会い、何と別れるのか。人によって違うそれらに、丁寧に寄り添う仕事——。

同じ仕事をすれば、ソフィの優しさを理解できるだろうか。

ソフィのようになれるだろうか。

「だからさ、ソフィが何をしてきたのか教えてよ！」

ユーリはエルにお願いする。

「ソフィは、私と別れた後も、ちゃんと引っ越し屋の仕事を続けたんだよね？」

「ああ。最初はアンタの救出を優先したいって言ってたらしいけど、そんなことしたら救出されたアンタに怒られるぞって友達に言われたとか」

多分、その友達というのはフランシェスカのことだろうなとユーリは思う。

ソフィは、なんだかんだフランシェスカのことを頼りにしていた。

「私ね、ソフィがこの世界で何をしてきたのか、一つずつ知りたいの！　ソフィが紡いだ出会いと別れを、全部知りたい！」

ユーリは目を輝かせた。

キラキラと、宝石みたいに……百五十年前から変わらぬ様子で。

「全部教えられるかは分からないけど……じゃあ、まずは桜仙郷《おうせんきょう》に来いよ」

「桜仙郷？」

「俺が住んでるところだ。まあ、王都の人たちに聞いたらすぐ分かる」

ユーリが前のめりになってエルを見つめた。

「今から行きたい！」

「今からって、王都はどうするんだよ？」

「後で行く！」

弾《はじ》けるような笑顔でユーリは言った。

「時間はたくさんあるんだから、寄り道したっていいでしょ！」

「……しょうがねぇな」

エルは呆れたように笑いながら、魔導車両のハンドルを切った。

「それで、桜仙郷ってどんなとこなの？」

「んー……そうだな」

ぼんやりと考えながら、エルは答えた。

「人と神獣が、一緒に暮らしているところさ」

心地いい震動と共に、魔導車両が風を切る。

ブレスレットを指先で撫《な》でながら、ユーリは外の景色を眺めた。

平原の彼方に、桃色の花を咲かせた大きな樹が見えてきた。

あとがき

坂石遊作《さかいしゆうさく》です。この度は本書を手に取っていただきありがとうございます。

一巻発売から長い期間を空けてしまいましたが、無事に二巻も発売することができました！

今回も一巻と同じく、連作短編の構成でありつつなんだかんだ全体が繋《つな》がっている感じのストーリーです。各章、お楽しみいただければ幸いです。


この小説を書くにあたって、引っ越しについて色々調べることがありました。引っ越しの基本的な手順とか、実在する引っ越しにまつわるほんわかエピソードとか……そういうのを調べるうちにふと思ったのですが、僕は他の人よりちょっとだけ引っ越しが多い人間かもしれません。


小学二年生の頃、父親の転勤で僕は違う町……というか、違う国に引っ越しました。なので学校も転校となり、環境や人間関係が大きく変わりました。当時の僕はまだ小学校低学年だったのでそこまで物事を深く考えてはいませんでしたが、漠然と不安を抱いていた記憶はあります。

その不安は、海外から日本に帰ってくる二度目の引っ越しの方が圧倒的に大きかったです。二度目の引っ越しは小学校を卒業した後でしたが、色々考えられるようになった分、失うものの大きさとか、それを新しく築くための労力とかを感じられるようになったんだと思います。海を越える引っ越しである分、とてつもなく大きな変化があるのだと不安でいっぱいでした。

一巻冒頭でソフィは「新生活を送る人間は期待より不安を抱く方が多い」と思っていますが、僕もまさにその一部で、期待よりも不安を抱いていたタイプです。

社会人になった後も、僕がいた部署が解体されてメンバーが散り散りになり、大阪のオフィスで働いていた僕は東京オフィスへの転勤になってまた引っ越しました。これが三度目の引っ越し。そして脱サラしてから大阪に帰ってきたので四度目の引っ越しまで経験しています。厳密には、入社直後の研修期間は会社が用意してくれたウィークリーマンションに一ヶ月くらい住んでいたので、これも含めば僕は六回の引っ越しを経験したことになります。

ほとんど不安でいっぱいの引っ越しばかりでしたが、唯一あまり不安を感じなかったのは、脱サラして東京から大阪に帰ってきた時の引っ越しです。

この引っ越しだけは、僕にとって「新天地に行く」というより「故郷に帰る」という意味合いが強かったです。だからこの引っ越しだけは何の不安もなく、快適にできました。

本人の心の持ちようで引っ越しに対する感情が変わるのだとしたら、人は一体どんな気持ちで引っ越しをしたらドラマチックになるのかなと考えました。

このタイミングでこそ告白しますが、実は本作の引っ越しっていうテーマは、作品を書くにあたってとても難しいものでした。だって引っ越しって、冷静に考えたら物を詰めて運ぶだけです。別に住まいを探すわけではないし、住まいを作るわけでもないし……。

だから散々頭を悩ませて一巻を書いたのですが、二巻を書く時は更に頭を抱えました。どうすれば面白い話を書けるかなぁ……と額に手をやっていた時に、先程述べたように自分の引っ越しを振り返ってみて、心の持ちようでドラマを作ればいいのかなと一つの答えに辿《たど》り着《つ》きました。

そんなわけで、二巻のお客さんはちょっと変わった理由で引っ越しをしたいと願っています。

とある学者シャロンは、両親の研究に価値があると信じて。

とある少女ユーリは、人との関わりを求めて……そして、ソフィが住む世界を知りたくて。

一番書きたかったシーンは、ユーリが過去へ跳ぶところです。心の持ちようで引っ越しのドラマが生まれるのだとしたら、逆に突発的に、勢いで引っ越すこともあるだろうなと思いました。

こうして引っ越しの話を書いていると、なんだか僕も引っ越したくなってきました。

……嘘です。僕が引っ越したいのはこの本を書いていることと特に関係ありません。

玄関の外にカメムシがめっちゃ転がっててしんどいです。去年の秋頃にカメムシが大量発生したというニュースをやってましたが、あれ以来、少しでも暖かくなるとカメムシがマンションの床やら壁やらに張り付くようになりました。

ソフィ……頼む、防虫魔法してくれ…………………。


【謝辞】

本作の執筆を進めるにあたり、編集部様や校閲様など、ご関係者の皆様には大変お世話になりました。担当様、ソフィという一人のキャラクターの個性に寄り添ったご指摘の数々、本当にありがとうございます。おかげで僕が一人で書いただけの原稿より、ソフィがよりソフィらしくなりました。いちかわはる先生、今回も美麗なイラストを描いていただきありがとうございます。いちかわはる先生の、壮大かつドラマ性のあるイラストが大好きです。文章では表現できないようなエモい雰囲気を魅力的に演出していただき、とても感謝しています。

最後に、本書を手に取っていただいた皆様へ、最大級の感謝を。


【追伸】

このライトノベルがすごい！　の単行本・ノベルズ部門にランクインしました！　ありがとうございます！　この追伸はランクインのご連絡をいただいた後、加筆した部分です。

本作は発売してからもずっとSNSなどで感想が呟かれていて、口コミによる広がりを実感できました。これからも皆さんが「広めたい！」と思えるような作品を書けるよう頑張ります！

お便りはこちらまで

〒102－8177
カドカワBOOKS編集部　気付
坂石遊作（様）宛
いちかわはる（様）宛

カドカワBOOKS

魔《ま》法《ほう》使《つか》いの引《ひ》っ越《こ》し屋《や》 2
ダンジョン・天空《てんくう》城《じょう》・時《とき》を越《こ》えたお仕事《しごと》もお任《まか》せください

2024年12月10日　初版発行

著者／坂石遊作《さかいしゆうさく》

発行者／山下直久

発行／株式会社KADOKAWA

〒102-8177
東京都千代田区富士見2-13-3
電話／0570-002-301（ナビダイヤル）

編集／カドカワBOOKS編集部

印刷所／暁印刷

製本所／本間製本

Printed in Japan
ISBN 978-4-04-075614-1 C0093

新文芸宣言

かつて「知」と「美」は特権階級の所有物でした。

15世紀、グーテンベルクが発明した活版印刷技術は、特権階級から「知」と「美」を解放し、ルネサンスや宗教改革を導きました。市民革命や産業革命も、大衆に「知」と「美」が広まらなければ起こりえませんでした。人間は、本を読むことにより、自由と平等を獲得していったのです。

21世紀、インターネット技術により、第二の「知」と「美」の解放が起こりました。一部の選ばれた才能を持つ者だけが文章や絵、映像を発表できる時代は終わり、誰もがネット上で自己表現を出来る時代がやってきました。

UGC（ユーザージェネレイテッドコンテンツ）の波は、今世界を席巻しています。UGCから生まれた小説は、一般大衆からの批評を取り込みながら内容を充実させて行きます。受け手と送り手の情報の交換によって、UGCは量的な評価を獲得し、爆発的にその数を増やしているのです。

こうしたUGCから生まれた小説群を、私たちは「新文芸」と名付けました。

新文芸は、インターネットによる新しい「知」と「美」の形です。

2015年10月10日
井上伸一郎